白雪姫

グリム兄弟

大活字本シリーズ⑤

三和書籍

海外童話傑作選　グリム兄弟　大活字本シリーズ⑤

白雪姫／目次

白雪姫《しらゆきひめ》

むかしむかし、冬《ふゆ》のさなかのことでした。雪《ゆき》が、鳥《とり》の羽《はね》のように、ヒラヒラと天《てん》からふっていましたときに、ひとりの女王《じょおう》さまが、・・・・こくたんのわくのはまった窓《まど》のところにすわって、ぬいものをしておいでになりました。女王《じょおう》さまは、ぬいものをしながら、雪《ゆき》をながめておいでになりましたが、チクリとゆびを針《はり》でおさしになりました。すると、雪《ゆき》のつもった中《なか》に、ポタポタポタと三滴《さんてき》の血《ち》がおちました。まっ白《しろ》い雪《ゆき》の中《なか》で、そのまっ赤《か》な血《ち》の色《いろ》が、たいへんきれいに見《み》えたものですから、女王《じょおう》さまはひとりで、こんなことをお考《かんが》えになりました。

「どうかして、わたしは、雪《ゆき》のようにからだが白《しろ》く、血《ち》のように赤《あか》いうつくしいほっぺたをもち、このこくたんのわくのように黒《くろ》い髪《かみ》をした子《こ》がほしいものだ。」と。

それから、すこしたちまして、女王《じょおう》さまは、ひとりのお姫《ひめ》さまをおうみになりましたが、そのお姫《ひめ》さまは色《いろ》が雪《ゆき》のように白《しろ》く、ほおは血《ち》のように赤《あか》く、髪《かみ》の毛《け》はこくたんのように黒《くろ》くつやがありました。それで、名《な》も白雪姫《しらゆきひめ》とおつけになりました。けれども、女王《じょおう》さまは、このお姫《ひめ》さまがおうまれになりますと、すぐおなくなりになりました。

一年以上《いちねんいじょう》たちますと、王《おう》さまはあとがわりの女王《じょおう》さまをおもらいになりました。その女王《じょおう》さまはうつくしいかたでしたが、たいへんうぬぼれが強《つよ》く、わがままなかたで、じぶんよりもほかの人《ひと》がすこしでもうつくしいと、じっとしてはいられないかたでありました。ところが、この女王《じょおう》さまは、まえから一《ひと》つのふしぎな鏡《かがみ》を持《も》っておいでになりました。その鏡《かがみ》をごらんになるときは、いつでも、こうおっしゃるのでした。

「鏡《かがみ》や、鏡《かがみ》、壁《かべ》にかかっている鏡《かがみ》よ。

国《くに》じゅうで、だれがいちばんうつくしいか、いっておくれ。」

するとき、鏡《かがみ》はいつもこう答《こた》えていました。

「女王《じょおう》さま、あなたこそ、お国《くに》でいちばんうつくしい。」

それをきいて、女王《じょおう》さまはご安心《あんしん》なさるのでした。というのは、この鏡《かがみ》は、うそをいわないということを、女《じょ》王《おう》さまは、よく知《し》っていられたからです。

そのうちに、白雪姫《しらゆきひめ》は、大《おお》きくなるにつれて、だんだんうつくしくなってきました。お姫《ひめ》さまが、ちょうど七《なな》つになられたときには、青々《あおあお》と晴《は》れた日《ひ》のように、うつくしくなって、女王《じょおう》さまよりも、ずっとうつくしくなりました。ある日《ひ》、女王《じょおう》さまは、鏡《かがみ》の前《まえ》にいって、おたずねになりました。

「鏡《かがみ》や、鏡《かがみ》、壁《かべ》にかかっている鏡《かがみ》よ。国《くに》じゅうで、だれがいちばんうつくしいか、いっておくれ。」

すると、鏡《かがみ》は答《こた》えていいました。

「女王《じょおう》さま、ここでは、あなたがいちばんうつくしい。けれども、白雪姫《しらゆきひめ》は、千《せん》ばいもうつくしい。」

女王《じょおう》さまは、このことをおききになると、びっくりして、ねたましくなって、顔色《かおいろ》を黄《き》いろくしたり、青《あお》くしたりなさいました。

さて、それからというものは、女王《じょおう》さまは、白雪姫《しらゆきひめ》をごらんになるたびごとに、ひどくいじめるようになりました。そして、ねたみと、こうまんとが、野原《のはら》の草《くさ》がいっぱいはびこるように、女王《じょおう》さまの、心《こころ》の中《なか》にだんだんとはびこってきましたので、いまでは夜《よる》もひるも、もうじっとしてはいられなくなりました。

そこで、女王《じょおう》さまは、ひとりのかりうどをじぶんのところにおよびになって、こういいつけられました。

「あの子《こ》を、森《もり》の中《なか》につれていっておくれ。わたしは、もうあの子《こ》を、二《に》どと見《み》たくないんだから。だが、おまえはあの子《こ》をころして、そのしょうこに、あの子《こ》の血《ち》を、このハンケチにつけてこなければなりません。」

かりうどは、そのおおせにしたがって、白雪姫《しらゆきひめ》を森《もり》の中《なか》へつれていきました。かりうどが、狩《か》りにつかう刀《かたな》をぬいて、なにも知《し》らない白雪姫《しらゆきひめ》の胸《むね》をつきさそうとしますと、お姫《ひめ》さまは泣《な》いて、おっしゃいました。

「ああ、かりうどさん、わたしを助《たす》けてちょうだい。そのかわり、わたしは森《もり》のおくの方《ほう》にはいっていって、もう家《いえ》にはけっしてかえらないから。」

これをきくと、かりうども、お姫《ひめ》さまがあまりにうつくしかったので、かわいそうになってしまって、

「じゃあ、はやくおにげなさい。かわいそうなお子《こ》さまだ。」といいました。

「きっと、けものが、すぐでてきて、くいころしてしまうだろう。」と、心《こころ》のうちで思《おも》いましたが、お姫《ひめ》さまをころさないですんだので、胸《むね》の上《うえ》からおもい石《いし》でもとれたように、らくな気《き》もちになりました。ちょうどそのとき、イノシシの子《こ》が、むこうからとびだしてきましたので、かりうどはそれをころして、その血《ち》をハンケチにつけて、お姫《ひめ》さまをころしたしょうこに、女王《じょおう》さまのところに持《も》っていきました。女王《じょおう》さまは、それをごらんになって、すっかり安心《あんしん》して、白雪姫《しらゆきひめ》は死《し》んだものと思《おも》っていました。

さて、かわいそうなお姫《ひめ》さまは、大《おお》きな森《もり》の中《なか》で、たったひとりぼっちになってしまって、こわくってたまらず、いろいろな木《き》の葉《は》っぱを見《み》ても、どうしてよいのか、わからないくらいでした。お姫《ひめ》さまは、とにかくかけだして、とがった石《いし》の上《うえ》をとびこえたり、イバラの中《なか》をつきぬけたりして、森《もり》のおくの方《ほう》へとすすんでいきました。ところが、けだものはそばをかけすぎますけれども、すこしもお姫《ひめ》さまをきずつけようとはしませんでした。白《しら》雪姫《ゆきひめ》は、足《あし》のつづくかぎり走《はし》りつづけて、とうとうゆうがたになるころに、一軒《いっけん》の小《ちい》さな家《うち》を見《み》つけましたので、つかれを休《やす》めようと思《おも》って、その中《なか》にはいりました。その家《うち》の中《なか》にあるものは、なんでもみんな小《ちい》さいものばかりでしたが、なんともいいようがないくらいりっぱで、きよらかでした。

　そのへやのまん中《なか》には、ひとつの白《しろ》い布《きれ》をかけたテーブルがあって、その上《うえ》には、七《なな》つの小《ちい》さなお皿《さら》があって、またその一《ひと》つ一《ひと》つには、さじに、ナイフに、フォークがつけてあって、なおそのほかに、七《なな》つの小《ちい》さなおさかずきがおいてありました。そして、また壁《かべ》ぎわのところには、七《なな》つの小《ちい》さな寝《ね》どこが、すこしあいだをおいて、じゅんじゅんにならんで、その上《うえ》には、みんな雪《ゆき》のように白《しろ》い麻《あさ》の敷布《しきふ》がしいてありました。

　白雪姫《しらゆきひめ》は、たいへんおなかがすいて、おまけにのどもかわいていましたから、一《ひと》つ一《ひと》つのお皿《さら》から、すこしずつやさいのスープとパンをたべ、それから、一《ひと》つ一《ひと》つのおさかずきから、一滴《いってき》ずつブドウ酒《しゅ》をのみました。それは、一《ひと》つところのを、みんなたべてしまうのは、わるいと思《おも》ったからでした。それが、すんでしまうと、こんどは、たいへんつかれていましたから、ねようと思《おも》って、一《ひと》つの寝《ね》どこにはいってみました。けれども、どれもこれもちょうどうまくからだにあいませんでした。長《なが》すぎたり、短《みじか》すぎたりしましたが、いちばんおしまいに、七《なな》ばんめの寝《ね》どこが、やっとからだにあいました。それで、その寝《ね》どこにはいって、神《かみ》さまにおいのりをして、そのままグッスリねむってしまいました。

日《ひ》がくれて、あたりがまっくらになったときに、この小《ちい》さな家《うち》の主人《しゅじん》たちがかえってきました。その主人《しゅじん》たちというのは、七人《しちにん》の小人《こびと》でありました。この小人《こびと》たちは、毎日《まいにち》、山《やま》の中《なか》にはいりこんで、金《きん》や銀《ぎん》のはいった石《いし》をさがして、よりわけたり、ほりだしたりするのが、しごとでありました。小人《こびと》はじぶんたちの七《なな》つのランプに火《ひ》をつけました。すると、家《うち》の中《なか》がパッとあかるくなりますと、だれかが、その中《なか》にいるということがわかりました。それは、小人《こびと》たちが家《うち》をでかけたときのように、いろいろのものが、ちゃんとおいてなかったからでした。第一《だいいち》の小人《こびと》が、まず口《くち》をひらいて、いいました。

「だれか、わしのいすに腰《こし》をかけた者《もの》があるぞ。」

すると、第二《だいに》の小人《こびと》がいいました。

「だれか、わしのお皿《さら》のものをすこしたべた者《もの》があるぞ。」

第三《だいさん》の小人《こびと》がいいました。

「だれか、わしのパンをちぎった者《もの》があるぞ。」

第四《だいよん》の小人《こびと》がいいました。

「だれか、わしのやさいをたべた者《もの》があるぞ。」

第五《だいご》の小人《こびと》がいいました。

「だれかわしのフォークを使《つか》った者《もの》があるぞ。」

第六《だいろく》の小人《こびと》がいいました。

「だれか、わしのナイフで切《き》った者《もの》があるぞ。」

第七《だいなな》の小人《こびと》がいいました。

「だれか、わしのさかずきでのんだ者《もの》があるぞ。」

それから、第一《だいいち》の小人《こびと》が、ほうぼうを見《み》まわしますと、じぶんの寝《ね》どこが、くぼんでいるのを見《み》つけて、声《こえ》をたてました。

「だれが、わしの寝《ね》どこにはいりこんだのだ。」

すると、ほかの小人《こびと》たちが寝《ね》どこへかけつけてきて、さわぎだしました。

「わしの寝《ね》どこにも、だれかがねたぞ。」

けれども、第七《だいなな》ばんめの小人《こびと》は、じぶんの寝《ね》どこへいってみると、その中《なか》に、はいってねむっている白雪姫《しらゆきひめ》を見《み》つけました。こんどは、第七《だいなな》ばんめの小人《こびと》が、みんなをよびますと、みんなは、なにがおこったのかと思《おも》ってかけよってきて、びっくりして声《こえ》をたてながら七《なな》つのランプを持《も》ってきて白雪姫《しらゆきひめ》をてらしました。

「おやおやおやおや、なんて、この子《こ》は、きれいなんだろう。」と、小人《こびと》はさけびました。それから小人《こびと》たちは、大《おお》よろこびで、白雪姫《しらゆきひめ》をおこさないで、寝《ね》どこの中《なか》に、そのままソッとねさせておきました。そして、七《なな》ばんめの小人《こびと》は、一時間《いちじかん》ずつほかの小人《こびと》の寝《ね》どこにねるようにして、その夜《よ》をあかしました。

朝《あさ》になって、白雪姫《しらゆきひめ》は目《め》をさまして、七人《しちにん》の小人《こびと》を見《み》て、おどろきました。けれども、小人《こびと》たちは、たいへんしんせつにしてくれて、「おまえさんの名《な》まえはなんというのかな。」とたずねました。すると、

「わたしの名《な》まえは、白雪姫《しらゆきひめ》というのです。」と、お姫《ひめ》さまは答《こた》えました。

「おまえさんは、どうして、わたしたちの家《うち》にはいってきたのかね。」と、小人《こびと》たちはききました。そこで、お姫《ひめ》さまは、まま母《はは》が、じぶんをころそうとしたのを、かりうどが、そっと助《たす》けてくれたので、一日《いちにち》じゅう、か

けずりまわって、やっと、この家《うち》を見《み》つけたことを、小《こ》人《びと》たちに話《はな》しました。その話《はなし》をきいて、小人《こびと》たちは、

「もしも、おまえさんが、わしたちの家《うち》の中《なか》のしごとをちゃんと引《ひ》きうけて、にたきもすれば、おとこものべるし、せんたくも、ぬいものも、あみものも、きちんときれいにする気《き》があれば、わしたちは、おまえさんを家《うち》においてあげて、なんにもふそくのないようにしてあげるんだが。」といいました。

「どうぞ、おねがいします。」と、お姫《ひめ》さまはたのみました。それからは、白雪姫《しらゆきひめ》は、小人《こびと》の家《うち》にいることになりました。

白雪姫《しらゆきひめ》は、小人《こびと》の家《うち》のしごとを、きちんとやります。小人《こびと》の方《ほう》では毎朝《まいあさ》、山《やま》にはいりこんで、金《きん》や銀《ぎん》のはいった石《いし》をさがし、夜《よる》になると、家《うち》にかえってくるのでした。そのときまでに、ごはんのしたくをしておかねばなりませんでした。ですから、ひるまは白雪姫《しらゆきひめ》は、たったひとりでるすをしなければなりませんので、しんせつな小人《こびと》たちは、こんなことをいいました。

「おまえさんのまま母《はは》さんに用心《ようじん》なさいよ。おまえさんが、ここにいることを、すぐ知《し》るにちがいない。だから、だれも、この家《うち》の中《なか》にいれてはいけないよ。」

こんなことはすこしも知《し》らない女王《じょおう》さまは、かりうどが白雪姫《しらゆきひめ》をころしてしまったものだと思《おも》って、じぶんが、また第一《だいいち》のうつくしい女《おんな》になったと安心《あんしん》していましたので、あるとき鏡《かがみ》の前《まえ》にいって、いいました。

「鏡《かがみ》や、鏡《かがみ》、壁《かべ》にかかっている鏡《かがみ》よ。国《くに》じゅうで、だれがいちばんうつくしいか、いっておくれ。」

すると、鏡《かがみ》が答《こた》えました。

「女王《じょおう》さま、ここでは、あなたがいちばんうつくしい。けれども、いくつも山《やま》こした、七人《しちにん》の小人《こびと》の家《うち》にいる白雪姫《しらゆきひめ》は、まだ千《せん》ばいもうつくしい。」

これをきいたときの、女王《じょおう》さまのおどろきようといったらありませんでした。この鏡《かがみ》は、けっしてまちがったことをいわない、ということを知《し》っていましたので、かりうどが、じぶんをだましたということも、白雪姫《しらゆきひめ》が、まだ生《い》きているということも、みんなわかってしまいました。そこで、どうにかして、白雪姫《しらゆきひめ》をころしてしまいたいものだと思《おも》いまして、またあたらしく、いろいろと考《かんが》えはじめました。女王《じょおう》さまは、国《くに》じゅうでじぶんがいちばんうつくしい女《おんな》にならないうちは、ねたましくて、どうしても、安心《あんしん》していられないからでありました。

そこで、女王《じょおう》さまは、おしまいになにか一《ひと》つの計略《けいりゃく》を考《かんが》えだしました。そしてじぶんの顔《かお》を黒《くろ》くぬって、年《とし》よりの小間物屋《こまものや》のような着物《きもの》をきて、だれにも女王《じょおう》さまとは思《おも》えないようになってしまいました。こんなふうをして、七《なな》つの山《やま》をこえて、七人《しちにん》の小人《こびと》の家《うち》にいって、戸《と》をトントンとたたいて、いいました。

「よい品物《しなもの》がありますが、お買《か》いになりませんか。」

白雪姫《しらゆきひめ》はなにかと思《おも》って、窓《まど》から首《くび》をだしてよびました。

「こんにちは、おかみさん、なにがあるの。」

「上等《じょうとう》な品《しな》で、きれいな品《しな》を持《も》ってきました。いろいろかわったしめひもがあります。」といって、いろいろ

な色《いろ》の絹糸《きぬいと》であんだひもを、一《ひと》つ取《と》りだしました。白雪《しらゆき》姫《ひめ》は、

「この正直《しょうじき》そうなおかみさんなら、家《うち》の中《なか》にいれてもかまわないだろう。」と思《おも》いまして、戸《と》をあけて、きれいなしめひもを買《か》いとりました。

「おじょうさんには、よくにあうことでしょう。さあ、わたしがひとつよくむすんであげましょう。」と、年《とし》よりの小間物屋《こまものや》はいいました。

白雪姫《しらゆきひめ》は、すこしもうたがう気《き》がありませんから、そのおかみさんの前《まえ》に立《た》って、あたらしい買《か》いたてのひもでむすばせました。すると、そのばあさんは、すばやく、

そのしめひもを白雪姫《しらゆきひめ》の首《くび》をまきつけて、強《つよ》くしめましたので、息《いき》ができなくなって、死《し》んだようにたおれてしまいました。

「さあ、これで、わたしが、いちばんうつくしい女《おんな》になったのだ。」といって、まま母《はは》はいそいで、でていってしまいました。

それからまもなく、日《ひ》がくれて、七人《しちにん》の小人《こびと》たちが、家《うち》にかえってきましたが、かわいがっていた白雪姫《しらゆきひめ》が、地《じ》べたの上《うえ》にたおれているのを見《み》たときには、小人《こびと》たちのおどろきようといったらありませんでした。白雪姫《しらゆきひめ》は、まるで死人《しにん》のように、息《いき》もしなければ、動《うご》きもしませんでした。みんなで白雪姫《しらゆきひめ》を地《じ》べたから高《たか》いところにつれていきました。そして、のどのところが、かたくしめつけられているのを見《み》て、小人《こびと》たちは、しめひもを二《ふた》つに切《き》ってしまいました。すると、すこし息《いき》をしはじめて、だんだん元気《げんき》づいてきました。小人《こびと》たちは、どんなことがあったのかをききますと、姫《ひめ》はきょうあった、いっさいのことを話《はな》しました。

「その小間物売《こまものう》りの女《おんな》こそ、鬼《おに》のような女王《じょおう》にちがいない。よく気《き》をつけなさいよ。わたしたちがそばにいないときには、どんな人《ひと》だって、家《うち》にいれないようにするんですよ。」と。

わるい女王《じょおう》の方《ほう》では、家《うち》にかえってくると、すぐ鏡《かがみ》の前《まえ》にいって、たずねました。

「鏡《かがみ》や、鏡《かがみ》、壁《かべ》にかかっている鏡《かがみ》よ。国《くに》じゅうで、だれがいちばんうつくしいか、いっておくれ。」

すると、鏡《かがみ》は、正直《しょうじき》にまえとおなじに答《こた》えました。

「女王《じょおう》さま、ここでは、あなたがいちばんうつくしい。けれども、いくつも山《やま》こした、七人《しちにん》の小人《こびと》の家《うち》にいる白雪姫《しらゆきひめ》は、まだ千《せん》ばいもうつくしい。」

と、このことを女王《じょおう》さまがきいたときには、からだじゅうの血《ち》がいっぺんに、胸《むね》によってきたかと思《おも》うくらいおどろいてしまいました。白雪姫《しらゆきひめ》が、また生《い》きかえったということを知《し》ったからです。

「だが、こんどこそは、おまえを、ほんとうにころしてしまうようなことを工夫《くふう》してやるぞ。」そういって、じぶんの知《し》っている魔法《まほう》をつかって、一《ひと》つの毒《どく》をぬった櫛《くし》をこしらえました。それから、女王《じょおう》さまは、みなりをかえ、まえとはべつなおばあさんのすがたになって、七《なな》つの山《やま》をこえ、七人《しちにん》の小人《こびと》のところにいって、トントンと戸《と》をたたいて、いいました。

「よい品物《しなもの》がありますが、お買《か》いになりませんか。」

白雪姫《しらゆきひめ》は、中《なか》からちょっと顔《かお》をだして、

「さあ、あっちにいってちょうだい。だれも、ここにいれないことになっているんですから。」

「でも、見《み》るだけなら、かまわないでしょう。」

おばあさんはそういって、毒《どく》のついている櫛《くし》を、箱《はこ》から取《と》りだし、手《て》のひらにのせて高《たか》くさしあげてみせました。ところが、その櫛《くし》がばかに、白雪姫《しらゆきひめ》のお気《き》にいりましたので、その方《ほう》に気《き》をとられて、思《おも》わず戸《と》をあけてしまいました。そして、櫛《くし》を買《か》うことがきまったときに、
おばあさんは、

「では、わたしが、ひとつ、いいぐあいに髪《かみ》をといて

あげましょう。」といいました。

かわいそうな白雪姫《しらゆきひめ》は、なんの気《き》なしに、おばあさんのいうとおりにさせました。ところが、櫛《くし》の歯《は》が髪《かみ》の毛《け》のあいだにはいるかはいらないうちに、おそろしい毒《どく》が、姫《ひめ》の頭《あたま》にしみこんだものですから、姫《ひめ》はそのばで気《き》をうしなってたおれてしまいました。

「いくら、おまえがきれいでも、こんどこそおしまいだろう。」と、心《こころ》のまがった女《おんな》は、きみのわるい笑《わら》いを浮《う》かべながら、そこをでていってしまいました。

けれども、ちょうどいいぐあいに、すぐゆうがたになって、七人《しちにん》の小人《こびと》がかえってきました。そして、白雪姫《しらゆきひめ》が、また死《し》んだようになって、地《じ》べたにたおれているのを見《み》て、すぐまま母《はは》のしわざと気《き》づきました。それで、ほうぼう姫《ひめ》のからだをしらべてみますと、毒《どく》の櫛《くし》が見《み》つかりましたので、それをひきぬきますと、すぐに姫《ひめ》は息《いき》をふきかえしました。そして、きょうのことを、すっかり小《こ》人《びと》たちに話《はな》しました。小人《こびと》たちは、白雪姫《しらゆきひめ》にむかってもういちど、よく用心《ようじん》して、けっしてだれがきても、戸《と》をあけてはいけないと、ちゅういしました。

心《こころ》のねじけた女王《じょおう》さまは、家《うち》にかえって、鏡《かがみ》の前《まえ》に立《た》っていいました。

「鏡《かがみ》や、鏡《かがみ》、壁《かべ》にかかっている鏡《かがみ》よ。

国《くに》じゅうで、だれがいちばんうつくしいか、いっておくれ。」

すると、鏡《かがみ》は、まえとおなじように答《こた》えました。

「女王《じょおう》さま、ここでは、あなたがいちばんうつくしい。

けれども、いくつも山《やま》こした、

七人《しちにん》の小人《こびと》の家《うち》にいる白雪姫《しらゆきひめ》は、

まだ千《せん》ばいもうつくしい。」

女王《じょおう》さまは、鏡《かがみ》が、こういったのをきいたとき、あまりの腹《はら》だちに、からだじゅうをブルブルとふるわしてくやしがりました。

「白雪姫《しらゆきひめ》のやつ、どうしたって、ころさないではおくものか。たとえ、わたしの命《いのち》がなくなっても、そうしてやるのだ。」と、大《おお》きな声《こえ》でいいました。それからすぐ、女王《じょおう》さまは、まだだれもはいったことのない、はなれたひみつのへやにいって、そこで、毒《どく》の上《うえ》に毒《どく》をぬった一《ひと》つのリンゴをこさえました。そのリンゴは、見《み》かけはいかにもうつくしくて、白《しろ》いところに赤《あか》みをもっていて、一目《ひとめ》見《み》ると、だれでもかじりつきたくなるようにしてありました。けれども、その一《ひと》きれでもたべようものなら、それこそ、たちどころに死《し》んでしまうという、おそろしいリンゴでした。

さて、リンゴが、すっかりできあがりますと、顔《かお》を黒《くろ》くぬって、百姓《ひゃくしょう》のおかみさんのふうをして、七《なな》つの山《やま》をこして、七人《しちにん》の小人《こびと》の家《うち》へいきました。そして、戸《と》をトントンとたたきますと、白雪姫《しらゆきひめ》が、窓《まど》から頭《あたま》をだして、

「七人《しちにん》の小人《こびと》が、いけないといいましたから、わたしは、だれも中《なか》にいれるわけにはいきません。」といいました。

「いいえ、はいらなくてもいいんですよ。わたしはね、いまリンゴをすててしまおうかと思《おも》っているところなので、おまえさんにも、ひとつあげようかと思《おも》ってね。」と、百姓《ひゃくしょう》の女《おんな》はいいました。

「いいえ、わたしはどんなものでも、人《ひと》からもらってはいけないのよ。」と、白雪姫《しらゆきひめ》はことわりました。

「おまえさんは、毒《どく》でもはいっていると思《おも》いなさるのかね。まあ、ごらんなさい。このとおり、二《ふた》つに切《き》って、半分《はんぶん》はわたしがたべましょう。よくうれた赤《あか》い方《ほう》を、おまえさんおあがりなさい。」といいました。

そのリンゴは、たいへんじょうずに、こしらえてありまして、赤《あか》い方《ほう》のがわだけに、毒《どく》がはいっていました。白雪姫《しらゆきひめ》は、百姓《ひゃくしょう》のおかみさんが、さもうまそうにたべているのを見《み》ますと、そのきれいなリンゴがほしくてたまらなくなりました。それで、ついなんの気《き》なしに手《て》をだして、毒《どく》のはいっている方《ほう》の半分《はんぶん》を受《う》けとってしまいました。けれども、一《ひと》かじり口《くち》にいれるかいれないうちに、バッタリとたおれ、そのまま息《いき》がたえてしまいました。すると、女王《じょおう》さまは、そのようすをおそろしい目《め》つきでながめて、さもうれしそうに、大《おお》きな声《こえ》で笑《わら》いながら、

「雪《ゆき》のように白《しろ》く、血《ち》のように赤《あか》く、こくたんのように黒《くろ》いやつ、こんどこそは、小人《こびと》たちだって、助《たす》けることはできまい。」といいました。そして、大《おお》いそぎで家《うち》にかえりますと、まず鏡《かがみ》のところにかけつけてたずねました。

「鏡《かがみ》や、鏡《かがみ》、壁《かべ》にかかっている鏡《かがみ》よ。
国《くに》じゅうで、だれがいちばんうつくしいか、いってお

くれ。」

すると、とうとう鏡《かがみ》が答《こた》えました。

「女王《じょおう》さま、お国《くに》でいちばん、あなたがうつくしい。」

これで、女王《じょおう》さまの、ねたみぶかい心《こころ》も、やっとしずめることができて、ほんとうにおちついた気《き》もちになりました。

ゆうがたになって、小人《こびと》たちは、家《うち》にかえってきましたが、さあたいへん、こんども、また白雪姫《しらゆきひめ》が、地《じ》べたにころがって、たおれているではありませんか。びっくりして、かけよってみれば、もう姫《ひめ》の口《くち》からは息一《いきひと》つすらしていません。かわいそうに死《し》んで、もうひえきってしまっているのでした。小人《こびと》たちは、お姫《ひめ》さまを、高《たか》いところにはこんでいって、なにか毒《どく》になるものはありはしないかと、さがしてみたり、ひもをといたり、髪《かみ》の毛《け》をすいたり、水《みず》や、お酒《さけ》で、よくあらってみたりしましたが、なんの役《やく》にもたちませんでした。みんなでかわいがっていたこどもは、こうしてほんとうに死《し》んでしまって、ふたたび生《い》きかえりませんでした。

小人《こびと》たちは、白雪姫《しらゆきひめ》のからだを、一《ひと》つの棺《かん》の上《うえ》にのせました。そして、七人《しちにん》の者《もの》が、のこらずそのまわりにすわって、三日三晩《みっかみばん》泣《な》きくらしました。それから、姫《ひめ》をうずめようと思《おも》いましたが、なにしろ姫《ひめ》はまだ生《い》きていた

そのままで、いきいきと顔色《かおいろ》も赤《あか》く、かわいらしく、きれいなものですから、小人《こびと》たちは、

「まあ見《み》ろよ。これを、あのまっ黒《くろ》い土《つち》の中《なか》に、うめることなんかできるものか。」そういって、外《そと》から中《なか》が見《み》られるガラスの棺《かん》をつくり、その中《なか》に姫《ひめ》のからだをねかせ、その上《うえ》に金文字《きんもじ》で白雪姫《しらゆきひめ》という名《な》を書《か》き、王《おう》さまのお姫《ひめ》さまであるということも、書《か》きそえておきました。

それから、みんなで、棺《かん》を山《やま》の上《うえ》にはこびあげ、七人《しちにん》のうちのひとりが、いつでも、そのそばにいて番《ばん》をすることになりました。すると、鳥《とり》や、けだものまでが、そこにやってきて、白雪姫《しらゆきひめ》のことを泣《な》きかなしむのでした。

いちばんはじめにきたのは、フクロウで、そのつぎがカラス、いちばんおしまいにハトがきました。

さて、白雪姫《しらゆきひめ》は、ながいながいあいだ棺《かん》の中《なか》によこになっていましたが、そのからだは、すこしもかわらず、まるで眠《ねむ》っているようにしか見《み》えませんでした。お姫《ひめ》さまは、まだ雪《ゆき》のように白《しろ》く、血《ち》のように赤《あか》く、こくたんのように黒《くろ》い髪《かみ》の毛《け》をしていました。

するると、そのうち、ある日《ひ》のこと、ひとりの王子《おうじ》が、森《もり》の中《なか》にまよいこんで、七人《しちにん》の小人《こびと》の家《うち》にきて、一晩《ひとばん》とまりました。王子《おうじ》は、ふと山《やま》の上《うえ》にきて、ガラスの棺《かん》に目《め》をとめました。近《ちか》よってのぞきますと、じつにうつくしいうつくしい少女《しょうじょ》のからだがはいっています。しばらくわれをわすれて見《み》とれていました王子《おうじ》は、棺《かん》の上《うえ》に金《きん》文字《もじ》で書《か》いてあることばをよみ、すぐ小人《こびと》たちに、

「この棺《かん》を、わたしにゆずってくれませんか。そのかわりわたしは、なんでも、おまえさんたちのほしいと思《おも》うものをやるから。」といわれました。けれども、小人《こびと》たちは、

「たとえわたしたちは、世界《せかい》じゅうのお金《かね》を、みんないただいても、こればかりはさしあげられません。」とお答《こた》えしました。

「そうだ、これにかわるお礼《れい》なんぞあるもんじゃあな

い。だがわたしは、白雪姫《しらゆきひめ》を見《み》ないでは、もう生《い》きていられない。お礼《れい》なぞしないから、ただください。わたしの生《い》きているあいだは、白雪姫《しらゆきひめ》をうやまい、きっとそまつにはしないから。」王子《おうじ》はおりいっておたのみになりました。

王子《おうじ》が、こんなにまでおっしゃるので、気《き》だてのよい小人《こびと》たちは、王子《おうじ》の心《こころ》もちを、気《き》のどくに思《おも》って、その棺《かん》をさしあげることにしました。王子《おうじ》は、それを、家来《けらい》たちにめいじて、肩《かた》にかついではこばせました。ところが、まもなく、家来《けらい》のひとりが、一本《いっぽん》の木《き》につまずきました。で、棺《かん》がゆれたひょうしに、白雪姫《しらゆきひめ》がかみ切《き》った毒《どく》のリンゴの一《ひと》きれが、のどからとびだしたものです。するとまもなく、お姫《ひめ》さまは目《め》をパッチリ見《み》ひらいて、棺《かん》のふたをもちあげて、起《お》きあがってきました。そして元気《げんき》づいて、

「おやまぁ、わたしは、どこにいるんでしょう。」といいました。それをきいた王子《おうじ》のよろこびはたとえようもありませんでした。

「わたしのそばにいるんですよ。」といって、いままであったことをお話《はな》しになって、そのあとから、

「わたしは、あなたが世界《せかい》じゅうのなにものよりもかわいいのです。さぁ、わたしのおとうさんのお城《しろ》へいっ

しょにいきましょう。そしてあなたは、わたしのお嫁《よめ》さんになってください。」といわれました。

そこで、白雪姫《しらゆきひめ》もしょうちして、王子《おうじ》といっしょにお城《しろ》にいきました。そして、ふたりのごこんれいは、できるだけりっぱに、さかんにいわわれることになりました。

けれども、このおいわいの式《しき》には、白雪姫《しらゆきひめ》のまま母《はは》である女王《じょおう》さまもまねかれることになりました。女王《じょおう》さまは、わかい花嫁《はなよめ》が白雪姫《しらゆきひめ》だとは知《し》りませんでした。女王《じょおう》さまはうつくしい着物《きもの》をきてしまったときに、鏡《かがみ》の前《まえ》にいって、たずねました。

「鏡《かがみ》や、鏡《かがみ》、壁《かべ》にかかっている鏡《かがみ》よ。

国《くに》じゅうで、だれがいちばんうつくしいか、いっておくれ。」

鏡《かがみ》は答《こた》えていいました。

「女王《じょおう》さま、ここでは、あなたがいちばんうつくしい。けれども、わかい女王《じょおう》さまは、千《せん》ばいもうつくしい。」

これをきいたわるい女王《じょおう》さまは、腹《はら》をたてまいことか、のろいのことばをつぎつぎにあびせかけました。そして、気《き》になって気《き》になって、どうしてよいか、わからないくらいでした。女王《じょおう》さまは、はじめのうちは、もうごこんれいの式《しき》にはいくのをやめようかと思《おも》いましたけれども、それでも、じぶんででかけていって、そのわかい女王《じょおう》さまを見《み》ないでは、とても、安心《あんしん》できませんでした。女王《じょおう》さまは、まねかれたご殿《てん》にはいりました。そして、ふと見《み》れば、わかい女王《じょおう》になる人《ひと》とは白雪姫《しらゆきひめ》ではありませんか。女王《じょおう》はおそろしさで、そこに立《た》ちすくんだまま動《うご》くことができなくなりました。

けれども、そのときは、もう人々《ひとびと》がまえから石炭《せきたん》の火《ひ》の上《うえ》に、鉄《てつ》でつくったうわぐつをのせておきましたのが、まっ赤《か》にやけてきましたので、それを火《ひ》ばしでへやの中《なか》に持《も》ってきて、わるい女王《じょおう》さまの前《まえ》におきました。そして、むりやり女王《じょおう》さまに、そのまっ赤《か》にやけたくつをはかせて、たおれて死《し》ぬまでおどらせました。

【凡例】

・本編「白雪姫」は、青空文庫作成の文字データを使用した。
底本：「グリム　世界名作　白雪姫」光文社
　　1949（昭和24）年3月5日初版発行
※「旧字、旧仮名で書かれた作品を、現代表記にあらためる際の作業指針」に基づいて、底本の表記をあらためた。
入力：大久保ゆう
校正：鈴木厚司
2005年2月22日作成

・文字遣いは、青空文庫のデータによる。
・この作品には、今日からみれば不適切と思われる表現が含まれているが、作品の描かれた時代と、作品本来の価値に鑑み、底本のままとした。
・ルビは、青空文庫のものに加えて、新字新仮名のルビを付し、総ルビとした。
・追加したルビには文字遣いの他、読み方など格段の基準は設けていない。

カエルの王《おう》さま

または鉄《てつ》のハインリッヒ

むかしむかし、まだどんな人《ひと》ののぞみでも、思《おも》いどおりにかなったころのことです。

あるところに、ひとりの王《おう》さまが住《す》んでいました。この王《おう》さまには、お姫《ひめ》さまがいく人《にん》もありましたが、みんなそろって、美《うつく》しいかたばかりでした。なかでもいちばん下《した》のお姫《ひめ》さまは、それはそれは美《うつく》しいので、世《よ》のなかのいろんなことをたくさん見《み》て知《し》っているお日《ひ》さまでさえも、お姫《ひめ》さまの顔《かお》をてらすたびに、びっくりしてしまうほどでした。

王《おう》さまのお城《しろ》の近《ちか》くに、こんもりとしげった森《もり》がありました。森《もり》のなかには古《ふる》いボダイジュが一本立《いっぽんた》っていて、その木《き》の下《した》から泉《いずみ》がこんこんとわきでていました。

暑《あつ》い日《ひ》には、お姫《ひめ》さまは森《もり》のなかにはいっていって、このすずしい泉《いずみ》のほとりにこしをおろしました。そして、たいくつになりますと、金《きん》のまりをとりだして、それを高《たか》くほうりあげては、手《て》でうけとめてあそびました。これがお姫《ひめ》さまにとっては、なによりもたのしいあそびだったのです。

ある日《ひ》、お姫《ひめ》さまが、いつものように金《きん》のまりをなげあげて、あそんでいるうちに、ついうけそこなってしまいました。まりは地面《じめん》におちると、そのまま水《みず》のなかへころころところがりこみました。

お姫《ひめ》さまはまりのゆくえをながめていましたが、まりは水《みず》のなかにしずんで、見《み》えなくなってしまいました。泉《いずみ》はとてもとてもふかくて、底《そこ》はすこしも見《み》えません。

それで、お姫《ひめ》さまはしくしく泣《な》きだしましたが、その泣《な》き声《ごえ》はだんだん大《おお》きくなりました。お姫《ひめ》さまとしては、あのまりを、どうしてもあきらめることができないのです。こうして、お姫《ひめ》さまが、泣《な》きかなしんでいますと、だれかお姫《ひめ》さまによびかけるものがありました。

「どうなさったんですか、お姫《ひめ》さま。お姫《ひめ》さまがそんなにお泣《な》きになると、石《いし》までも、おかわいそうだと泣《な》きますよ。」

お姫《ひめ》さまはびっくりして、声《こえ》のするほうを見《み》まわしました。すると、そこには、一《いっ》ぴきのカエルが、きみのわるい、ふくれた頭《あたま》を水《みず》のなかからつきだしています。

「あら、おまえさんだったのね、年《とし》よりのカエルさん、いまなにかいったのは。」

と、お姫《ひめ》さまがいいました。

「あたしはね、金《きん》のまりが泉《いずみ》のなかにおちてしまったんで、泣《な》いているのよ。」

「心配《しんぱい》しないで、泣《な》くのはもうおよしなさい。わたしがいいようにしてあげますからね。でも、あなたのまりをひろってきてあげたら、わたしになにをくださいますか。」

と、カエルはいいました。

「大《だい》すきなカエルさん、おまえさんのほしいものは、なんでもあげるわ。」

と、お姫《ひめ》さまはいいました。

「あたしの着物《きもの》だって、真珠《しんじゅ》だって、宝石《ほうせき》だって。それから、あたしのかぶっている金《きん》のかんむりだって、あげてよ。」

するとカエルはこたえました。

「着物《きもの》も、真珠《しんじゅ》も、宝石《ほうせき》も、金《きん》のかんむりも、そんなものは、なんにもほしくはありません。そのかわり、もしあなたがわたしをかわいがってくださろうというのなら、わたしをあなたのお友《とも》だちにしてください。そうして、あなたの食卓《しょくたく》にならんですわらせてくださって、あなたの金《きん》のおさらで食《た》べ、あなたのかわいいさかずきでのませてください。それから夜《よる》になったらば、あなたのちっちゃなベッドにねかせてください。もしこれだけのことを約束《やくそく》してくださるなら、水《みず》のなかにもぐっていって、金《きん》のまりをとってきてあげましょう。」

「ええ、ええ、いいわ。」

と、お姫《ひめ》さまはいいました。

「金《きん》のまりをとってきてくれさえすれば、おまえののぞみのことは、なんでも約束《やくそく》してあげるわ。」

でも、心《こころ》のなかでは、

（おばかさんのカエルね。カエルなんか、水《みず》のなかのなかまのそばで、ギャア、ギャア、ないていればいいのよ。人間《にんげん》のお友《とも》だちになろうなんて、とんでもないわ。）

と、思《おも》っていたのでした。

カエルは、お姫《ひめ》さまから約束《やくそく》してもらいますと、頭《あたま》をひっこめて、水《みず》のなかにもぐっていきました。それから、しばらくすると、またうかびあがってきました。見《み》れば、たしかに、金《きん》のまりを口《くち》にくわえています。カエルは、そのまりを草《くさ》のなかにぽんとほうりだしました。

お姫《ひめ》さまは、じぶんの美《うつく》しいまりがもどってきたのを見《み》ますと、うれしくってうれしくって、それをひろいあげるなり、そのまま、とんでいってしまいました。

「待《ま》ってください、待《ま》ってください。」

と、カエルは大声《おおごえ》でさけびました。

「わたしもいっしょにつれてってください。わたしは、そんなにはしれないんです。」

けれども、カエルがうしろのほうから、いくら大《おお》きな声《こえ》で、ギャア、ギャア、ないても、わめいても、なんにもなりませんでした。お姫《ひめ》さまはカエルがさけぶ声《こえ》には耳《みみ》もかさず、いそいでお城《しろ》へかけていきました。そして、かわいそうなカエルのことなんか、すぐにわすれてしまいました。ですから、カエルのほうは、もとの泉《いずみ》のなかに、すごすごとかえっていくよりほかはありませんでした。

そのあくる日《ひ》のことでした。お姫《ひめ》さまが、王《おう》さまをはじめ、ご家来《けらい》の人《ひと》たちといっしょに、みんなで食卓《しょくたく》について、金《きん》のおさらでごちそうを食《た》べていますと、なにやら、ピチャ、ピチャ、ピチャ、ピチャ、と、大理石《だいりせき》の階段《かいだん》をはいあがってくる音《おと》がしました。そして、上《うえ》まであがりきりますと、トントンと戸《と》をたたいて、

「お姫《ひめ》さま、いちばん下《した》のお姫《ひめ》さま、どうかこの戸《と》をあけてください。」

と、大《おお》きな声《こえ》でいいました。

そこで、お姫《ひめ》さまはかけていって、だれがきたのかしら、と思《おも》いながら、戸《と》をあけました。と、おどろいたことに、戸《と》のそとには、きのうのカエルがすわっているではありませんか。それを見《み》るなり、お姫《ひめ》さまはバタンと

戸《と》をしめて、いそいで食卓《しょくたく》の席《せき》にもどりました。でも、胸《むね》のなかは心配《しんぱい》で心配《しんぱい》でたまりません。王《おう》さまは、お姫《ひめ》さまの胸《むね》のどきどきしているのを見《み》て、

「姫《ひめ》や。なにがこわいんだね。戸《と》のそとに大入道《おおにゅうどう》でもきて、おまえをさらっていこうとでもしているのかい。」

と、たずねました。

「あら、ちがうわ。」

と、お姫《ひめ》さまはこたえました。

「大入道《おおにゅうどう》なんかじゃないの。いやらしいカエルなのよ。」

「そのカエルが、おまえになんの用《よう》があるんだね。」

「それはね、おとうさま、きのう、あたしが森《もり》のなか

の泉《いずみ》のそばにすわって、あそんでいたら、金《きん》のまりが水《みず》のなかにおちてしまったの。それで、あたしが泣《な》いていると、カエルがでてきて、まりをとってきてくれたの。そのとき、カエルがあんまりたのむものだから、じゃあ、お友《とも》だちにしてあげるわって、約束《やくそく》しちゃったのよ。だって、まさかカエルが、水《みず》のなかからでてこようとは思《おも》わなかったんですもの。それがね、いま、あのとおりやってきて、なかへいれてくれっていってるのよ。」

そのとき、また戸《と》をたたく音《おと》がして、大《おお》きな声《こえ》がしました。

いちばん下《した》のお姫《ひめ》さま

どうかあけてくださいな
すずしい泉《いずみ》のかたわらで
きのう　約束《やくそく》したことを
あなたはわすれちゃいないでしょう
いちばん下《した》のお姫《ひめ》さま
どうかあけてくださいな

それをききますと、王《おう》さまはいいました。

「いちど約束《やくそく》したことは、かならずまもらなければいけないよ。さあ、はやくいって、あけておやり。」

お姫《ひめ》さまは立《た》っていって、戸《と》をあけてやりました。とたんに、カエルはピョンととびこんできて、それからずっ

とお姫《ひめ》さまの足《あし》もとにくっついて、いすのところまできました。カエルはそこにすわりこんで、

「わたしもそのいすの上《うえ》にあげてください。」

と、いいました。

ところが、お姫《ひめ》さまは、ぐずぐずしていたものですから、とうとう王《おう》さまから、そうしておやり、といわれてしまいました。カエルはいすの上《うえ》にのせてもらいますと、こんどは、食卓《しょくたく》の上《うえ》にのせてくれ、といいだしました。

そうして、食卓《しょくたく》の上《うえ》にのせてもらいますと、

「その食卓《しょくたく》のおさらのものを、ふたりでいっしょに食《た》べられるように、もっとこっちへよこしてください。」

と、いいました。

お姫《ひめ》さまはそのとおりにしてやりましたが、いやでいやでたまらないようすです。カエルはいかにもおいしそうに食《た》べていましたが、お姫《ひめ》さまのほうは、ひと口《くち》ごとに、のどにつかえるような思《おも》いでした。カエルは食《た》べるだけ食《た》べてしまいますと、

「ああ、おなかがいっぱいになって、くたびれてしまいました。さあ、わたしをあなたのおへやへつれていってください。そうして、ふたりでねられるように、あなたのかわいらしい絹《きぬ》のベッドをきちんとなおしてください。」

と、いいました。

とうとうお姫《ひめ》さまは泣《な》きだしてしまいました。むりもありません。さわるのさえきみのわるい、つめたいカエルが、こんどは、じぶんのきれいなベッドのなかにねたいなんていうんですもの。お姫《ひめ》さまはすっかりこわくなってしまったのです。けれども、王《おう》さまはおこって、こういいました。

「こまっているときに、たすけてくれたものを、あとになって知《し》らん顔《かお》するのは、いけないよ。」

そこで、お姫《ひめ》さまは、しかたなしに、カエルを二本《にほん》の指《ゆび》でつまんで、二階《にかい》のおへやにつれていって、すみっこ

におきました。そうして、お姫《ひめ》さまがベッドのなかに横《よこ》になりますと、またもやカエルがはいだしてきて、

「ああ、くたびれました。わたしも、あなたのように、らくにねたいですよ。さあ、わたしをそこにあげてください。もし、そうしてくださらないと、おうさまにいいつけますすよ。」

と、いいました。

それをきくと、お姫《ひめ》さまはほんとうにおこってしまいました。そして、いきなりカエルをつかみあげると、ありったけの力《ちから》をこめて、壁《かべ》にたたきつけました。

「これで、らくにねむれるわよ。ほんとに、いやらし

いカエルだこと。」

ところが、どうでしょう。カエルが下《した》におちたときには、もうカエルではなくなって、美《うつく》しい、やさしい目《め》をした王子《おうじ》にかわっていました。

王子《おうじ》は、お姫《ひめ》さまのおとうさまのはからいで、お姫《ひめ》さまのなかよしになり、おむこさまになりました。

そこで、王子《おうじ》は、じぶんの身《み》の上話《うえばなし》をしました。その話《はなし》によりますと、王子《おうじ》は、あるわるい魔女《まじょ》のために、魔法《まほう》をかけられていたのですが、それをあの泉《いずみ》からすくいだしてくれたのはお姫《ひめ》さまだけだったということでした。そして王子《おうじ》は、

「あしたは、ふたりでぼくの国《くに》へいきましょう。」

と、いいました。

その晩《ばん》は、ふたりともゆっくりやすみました。

あくる朝《あさ》、お日《ひ》さまがふたりをおこすころ、八頭《はちとう》だての白《しろ》い馬《うま》にひかれた、一台《いちだい》の馬車《ばしゃ》がやってきました。どの馬《うま》も、頭《あたま》に白《しろ》いダチョウの羽《はね》をつけて、金《きん》のくさりでつながれていました。そして馬車《ばしゃ》のうしろには、わかい王《おう》さまの家来《けらい》が立《た》っていました。それは忠義者《ちゅうぎもの》のハインリッヒでした。

この忠義者《ちゅうぎもの》のハインリッヒは、ご主人《しゅじん》がカエルにされたとき、それはそれはかなしみました。そしてそのかなしみのあまり、じぶんの胸《むね》がはれつしてしまわないようにと、鉄《てつ》の輪《わ》を三本《さんぼん》、胸《むね》にはめたのでした。

ところで、この馬車《ばしゃ》は、わかい王《おう》さまを国《くに》へおつれする、おむかえの車《くるま》だったのです。忠義者《ちゅうぎもの》のハインリッヒは、おふたりを馬車《ばしゃ》にのせてから、じぶんはまたうしろにのりました。そして、ご主人《しゅじん》のたすかったことを、心《こころ》のそこからよろこんでいました。

馬車《ばしゃ》がしばらく走《はし》っていきますと、わかい王《おう》さまのうしろのほうで、なにかパチンとわれるような音《おと》がしました。そこで、わかい王《おう》さまがうしろをふりかえって、大《おお》声《ごえ》にいいました。

ハインリッヒ　馬車《ばしゃ》がこわれるぞ——
いえ　いえ　お殿《との》さま
馬車《ばしゃ》ではございません
あれはせっしゃの胸輪《むねわ》です
殿《との》さまがカエルになったとき
泉《いずみ》にしずんでいかれたとき
かなしみなげいて
はめた　せっしゃの胸輪《むねわ》です

けれども、もういちど、またもういちど、パチンという音《おと》がしました。そのたびに、わかい王《おう》さまは、馬車《ばしゃ》がこわれるのではないかと思《おも》いました。でもそれは、やっぱり、忠義者《ちゅうぎもの》のハインリッヒの胸《むね》からとびちる胸輪《むねわ》の音《おと》でした。それというのも、だいじなご主人《しゅじん》がたすかって、これからしあわせなまい日《にち》をおくられることになったからですよ。

【凡例】

・本編「カエルの王さま　または鉄のハインリッヒ」は、青空文庫作成の文字データを使用した。

底本：「グリム童話集(1)」偕成社文庫、偕成社

　　1980（昭和55）年6月1刷

　2009（平成21）年6月49刷

※副題は底本では、「または鉄《てつ》のハインリッヒ」となっている。

入力：sogo

校正：チエコ

2020年8月30日作成

・文字遣いは、青空文庫のデータによる。

・この作品には、今日からみれば不適切と思われる表現が含まれているが、作品の描かれた時代と、作品本来の価値に鑑み、底本のままとした。

・ルビは、青空文庫のものに加えて、新字新仮名のルビを付し、総ルビとした。

・追加したルビには文字遣いの他、読み方など格段の基準は設けていない。

灰《はい》かぶり

あるお金持《かねも》ちのうちで、そのうちのおくさんが病気《びょうき》になりました。おくさんは、もういよいよじぶんはだめだと感《かん》じましたので、ひとりむすめの小《ちい》さい女《おんな》の子《こ》をまくらもとによびよせて、こういいました。

「あのね、いつまでも神《かみ》さまを信《しん》じて、すなおな心《こころ》でいるんですよ。そうすれば、神《かみ》さまは、いつもおまえのそばについていてくださるからね。おかあさんもおまえを天国《てんごく》から見《み》まもっていて、おまえのそばをはなれませんよ。」

おかあさんはこういって、目《め》をつぶりました。そして、そのまま、この世《よ》をさってしまったのです。

女《おんな》の子《こ》は、まい日《にち》、おかあさんのお墓《はか》のところへいっては、泣《な》いてばかりいました。でも、神《かみ》さまを信《しん》じて、すなおな心《こころ》でいました。

やがて、冬《ふゆ》になりますと、雪《ゆき》がそのお墓《はか》の上《うえ》に白《しろ》い布《ぬの》をひろげました。それから、春《はる》になって、お日《ひ》さまがその布《ぬの》をとりのけるようになったころ、お金持《かねも》ちのうちには、またべつのおくさんがきました。

こんどのおくさんは、じぶんのむすめをふたりつれてきました。そのむすめたちは、顔《かお》だけは白《しろ》くてきれいでしたが、心《こころ》のなかときたら、ひねくれていて、まっ黒《くろ》でした。ですから、かわいそうなままむすめの女《おんな》の子《こ》にとっては、それからは、つらい日《ひ》がまい日《にち》つづくことになりました。

「このあほうなガチョウむすめったら、うちんなかにすわりこんでいるよ。」

と、まま母《はは》やそのむすめたちが口《くち》ぐちにいいました。

「ごはんが食《た》べたかったら、だれだってじぶんでかせぐんだよ。さあ、さっさといって、女中《じょちゅう》といっしょにおはたらき。」

こういうと、みんなは、女《おん》の子《こ》のきていたきれいな着物《きもの》をぬがせて、そのかわりに、ネズミ色《いろ》の古《ふる》ぼけたうわっぱりをきせて、木《き》ぐつをはかせました。

「ちょいと、この高慢《こうまん》ちきなお姫《ひめ》さまをごらんよ。ずいぶんおめかししたこと。」

みんなはこうはやしたてながら、大《おお》わらいをして、女《おんな》の子《こ》を台所《だいどころ》につれていきました。

それからというものは、まい日《にち》まい日《にち》、女《おんな》の子《こ》はつらいしごとをしなければなりませんでした。朝《あさ》は日《ひ》のでるまえにおきだして、水《みず》をはこび、火《ひ》をもやし、煮《に》ものをし、せんたくをしました。

ところが、そういうつらいしごとがあるうえに、ねえさんたちは、つぎからつぎへと、いろんなことを考《かんが》えだしては、女《おんな》の子《こ》をいじめたり、ののしったりするのです。そして、わざと豆《まめ》つぶを灰《はい》のなかにぶちまけては、女《おんな》の子《こ》がいやでもすわって、それをひろいださなければならないようにしむけるのでした。

一日《いちにち》じゅうはたらいたあとで、どんなにくたびれきっていても、晩《ばん》には、寝床《ねどこ》にはいらずに、かまどのそばの灰《はい》のなかに横《よこ》にならなければなりませんでした。ですから、この子《こ》はいつもほこりだらけで、よごれたかっこうをしていましたので、みんなはこの子《こ》のことを、「灰《はい》かぶり」「灰《はい》かぶり」とよびました。

ある日《ひ》のこと、おとうさんが市《いち》へでかけることになりました。それで、おとうさんは、ふたりのきょうだいに、

「おみやげにはなにがほしいね。」

と、たずねました。

「きれいな着物《きもの》よ。」

と、ひとりがいいました。

「あたしは真珠《しんじゅ》と宝石《ほうせき》。」

と、もうひとりがいいました。

「ところで、灰《はい》かぶり、おまえはなにがほしいな。」

と、おとうさんがききました。

「おとうさん、それじゃ、おとうさんがかえっていらっしゃるとき、いちばんさきにおとうさんのぼうしにさわった木《き》の小枝《こえだ》を、おってきてちょうだい。」

さて、おとうさんは、ふたりのままむすめのおみやげに、きれいな着物《きもの》と、それに、真珠《しんじゅ》と宝石《ほうせき》とを買《か》いました。

それから、馬《うま》にのってかえってきました。やがて、とある青《あお》あおとした木立《こだち》に、さしかかりました。すると、一本《いっぽん》のハシバミの小枝《こえだ》にぶっつかって、ぼうしがおちてしまいました。そこで、おとうさんはその枝《えだ》をおって、もってかえりました。

うちにかえると、おとうさんは、ふたりのままむすめに、めいめいのほしがっていたものをやりました。それから、灰《はい》かぶりには、ハシバミの小枝《こえだ》をやりました。

灰《はい》かぶりはおとうさんにお礼《れい》をいって、おかあさんのお墓《はか》のところへいき、その小枝《こえだ》をお墓《はか》の上《うえ》にうえました。そして、泣《な》いて泣《な》いて泣《な》きじゃくりましたので、涙《なみだ》がはらはらとこぼれおちて、その小枝《こえだ》にふりかかりました。そのおかげで、小枝《こえだ》はずんずん大《おお》きくなって、美《うつく》しい木《き》になりました。

灰《はい》かぶりは、まい日三度《にちさんど》、その木《き》の下《した》へいって、泣《な》きながら、おいのりをしました。すると、そのたびに、一《いち》羽《わ》の白《しろ》い小鳥《ことり》がその木《き》の上《うえ》にとんできては、灰《はい》かぶりがほしいというものを、なんでもおとしてくれました。

さて、お話《はなし》かわって、この国《くに》の王《おう》さまが大《おお》きな宴会《えんかい》をもよおすことになりました。その宴会《えんかい》は、三日《みっか》もつづくことになっていました。そして、その宴会《えんかい》には、国《くに》じゅうの美《うつく》しいむすめたちが、ひとりのこらずまねかれていました。つまり、その人《ひと》たちのなかから、王子《おうじ》の花《はな》よめになる人《ひと》をさがしだそうというわけだったのです。

ふたりのまま子《こ》のきょうだいは、じぶんたちもその宴会《えんかい》にでられることになっているときかされて、大《おお》よろこびでした。それで、灰《はい》かぶりをよびつけて、

「さぁ、あたしたちの髪《かみ》をすいておくれ。くつもみが

いておくれ。それから、しめ金《がね》で胸《むね》をぎゅっとしめておくれ。あたしたちは、王《おう》さまの宴会《えんかい》によばれて、お城《しろ》へいくんだからね。」

灰《はい》かぶりは、ねえさんたちのいうとおりにしてやりました。けれども、泣《な》きました。むりもありません、灰《はい》かぶりだって、いっしょにいって、おどりたかったのですもの。それで、まま母《はは》に、

「あたしもいかせてください。」

と、おねがいしてみました。

「なにをいってるの、灰《はい》かぶり。そのほこりだらけの、きたならしいかっこうで宴会《えんかい》へいこうっていうのかい。

だいいち、着物《きもの》もくつもないのに、おどろうっていうの。」

と、まま母《はは》はいいました。

でも、灰《はい》かぶりがしきりにおねがいしましたので、まま母《はは》もとうとう、

「それじゃ、灰《はい》のなかに、おさらに一《いっ》ぱいぶんのお豆《まめ》がぶちまけてあるから、それを二《に》時間《じかん》のうちにひろいなさい。そうしたら、いっしょにつれてってやるよ。」

と、いいました。

女《おんな》の子《こ》はうら口《ぐち》から庭《にわ》へでて、大《おお》きな声《こえ》でよびました。

「飼《か》いバトちゃんに、山《やま》バトちゃん、それから、お空《そら》の下《した》の小鳥《ことり》ちゃん、みんなでここへとんできて、あたしのお豆《まめ》ひろいの、お手《て》つだいをしてちょうだい。

いいお豆《まめ》は　つぼのなか

いけないお豆《まめ》は　餌《え》ぶくろに。」

その声《こえ》をききつけて、たちまち、白《しろ》い小《こ》バトが二《に》羽《わ》、台所《だいどころ》の窓《まど》からはいってきました。つづいて山《やま》バトが、いく羽《わ》もいく羽《わ》もはいってきました。そのうちに、バタバタ、バタバタ、羽《はね》の音《おと》をたてながら、空《そら》の下《した》の鳥《とり》が一《いち》羽《わ》のこらずあつまってきて、灰《はい》のまわりにおりたちました。

小《こ》バトたちはかわいい頭《あたま》をさげて、こつこつこつとやりだしました。すると、ほかの鳥《とり》たちも、みんな、こつこつこつとやりだしました。そして、いいほうの豆《まめ》つぶはひとつのこらず、おさらのなかにひろいいれました。

こうして、一時間《いちじかん》たつかたたないうちに、みんなは灰《はい》のなかからすっかり豆《まめ》つぶをひろいだして、またおもてへとびだしていきました。

そこで、女《おんな》の子《こ》は大《おお》よろこびで、おさらをまま母《はは》のところへもっていきました。そして、これで宴会《えんかい》へつれていってもらえるものとばかり思《おも》っていました。ところがまま母《はは》は、

「だめだめ、灰《はい》かぶり。おまえなんか着物《きもの》もないじゃないか。それにおどりなんてできやしないよ。みんなのわらいものになるだけさ。」

と、いうのです。

それをきいて、女《おんな》の子《こ》がわっと泣《な》きだしますと、まま母《はは》は、

「それじゃ、一時間《いちじかん》のうちに、灰《はい》のなかから、お豆《まめ》をふたつのおさらにいっぱいひろいだせたら、いっしょにつれてってやるよ。」

と、いいました。

でも、腹《はら》のなかでは、

（そんなことは、とてもできっこないさ。）
と、思《おも》っていたのです。
まま母《はは》がふたさらぶんのお豆《まめ》を灰《はい》のなかにぶちまけて
しまいますと、女《おんな》の子《こ》はうら口《ぐち》から庭《にわ》へでて、大《おお》きな声《こえ》
でよびました。
「飼《か》いバトちゃんに、山《やま》バトちゃん、それから、お空《そら》
の下《した》の小鳥《ことり》ちゃん、みんなでここへとんできて、あたし
のお豆《まめ》ひろいの、お手《て》つだいをしてちょうだい。
いいお豆《まめ》は　つぼのなか
いけないお豆《まめ》は　餌《え》ぶくろに。」
その声《こえ》をききつけて、たちまち、白《しろ》い小《こ》バトが二羽《にわ》、

台所《だいどころ》からはいってきました。つづいて、山《やま》バトが、いくわもいく羽《わ》もはいってきました。そのうちに、バタバタ、バタバタ、羽《はね》の音《おと》をたてながら、空《そら》の下《した》の小鳥《ことり》が一羽《いちわ》のこらずあつまってきて、灰《はい》のまわりにおりたちました。

小《こ》バトたちはかわいい頭《あたま》をさげて、こつこつこつとやりだしました。すると、ほかの鳥《とり》たちも、みんなこつこつこつとやりだしました。そして、いいほうの豆《まめ》つぶは、ひとつのこらずおさらのなかにひろいいれました。

こうして、三十分《さんじっぷん》とはたたないうちに、みんなは灰《はい》のなかからすっかり豆《まめ》つぶをひろいだして、またおもてへとびだしていきました。そこで女《おんな》の子《こ》は大《おお》よろこびで、おさらをまま母《はは》のところにもっていきました。そして、こんどこそ、宴会《えんかい》へつれていってもらえるものと思《おも》っていました。ところが、まま母《はは》は、

「なにをしたって、おまえはだめだよ。おまえなんかいっしょにつれていけやしない。だって、着物《きもの》もなけりゃ、おどりもできないじゃないか。おまえをつれていったりすれば、わたしたちがはじをかくにきまっているよ。」

こういいおわると、まま母《はは》はくるりとむこうをむいて、高慢《こうまん》ちきなふたりのむすめをつれて、さっさといってしまいました。

うちにだれもいなくなりますと、灰《はい》かぶりはおかあさんのお墓《はか》のハシバミの木《き》の下《した》へいって、大《おお》きな声《こえ》でよびかけました。

ねえ　ハシバミさん　ゆれてうごいて
金《きん》と銀《ぎん》とをおとしてちょうだいな

すると、いつもの鳥《とり》が、金《きん》と銀《ぎん》の糸《いと》で織《お》った着物《きもの》と、絹糸《きぬいと》と銀《ぎん》の糸《いと》でぬいとりした上《うわ》ぐつとをおとしてくれました。女《おんな》の子《こ》は、おおいそぎで着物《きもの》をきかえて、宴会《えんかい》へでかけていきました。

でも、ねえさんたちにも、まま母《はは》にも、これが灰《はい》かぶりだとはわかりません。たぶん、どこかよその国《くに》のお姫《ひめ》さまだろうと思《おも》っていました。金《きん》の着物《きもの》をきた灰《はい》かぶりはそれほど美《うつく》しく見《み》えたのです。

三人《さんにん》は、これが灰《はい》かぶりだとは夢《ゆめ》にも考《かんが》えてみませんでした。いまごろ、あの灰《はい》かぶりはうちで、きたないもののなかにすわって灰《はい》のなかから豆《まめ》でもさがしているだろうと思《おも》っていたのです。

灰《はい》かぶりのすがたを見《み》ますと、王子《おうじ》はさっそくむかえにでて、その手《て》をとって、いっしょにおどりはじめました。そして、ほかのものとはだれともおどろうとはしませんでした。ですから、王子《おうじ》はいちどとった灰《はい》かぶりの手《て》を、いつまでもはなしませんでした。だれかほかの

ものがやってきて、灰《はい》かぶりといっしょにおどりたいといっても、王子《おうじ》は、

「このひとはぼくの相手《あいて》だよ。」

と、いって、ことわりました。おどっているうちに、日《ひ》がくれましたので、灰《はい》かぶりはうちにかえろうとしました。すると王子《おうじ》は、

「ぼくがいっしょにおくっていってあげよう。」

と、いいだしました。

というわけは、王子《おうじ》は、この美《うつく》しいむすめがどこのむすめなのか、知《し》りたかったのです。でも、灰《はい》かぶりは王子《おうじ》のそばをうまくすりぬけて、ハト小屋《ごや》にとびこみまし

た。

王子《おうじ》がそとで待《ま》っていますと、やがて、灰《はい》かぶりのおとうさんがでてきました。そこで、王子《おうじ》はおとうさんに、いまよそのむすめがこのハト小屋《ごや》にとびこんだ、と、おしえてやりました。その話《はなし》をきいて、おとうさんは、

(いまはいったのなら、それは灰《はい》かぶりのはずだが。)

と、思《おも》いました。

そこで、おとうさんはおのとなたをもってこさせて、ハト小屋《ごや》をまっぷたつにたたきわってみました。でも、なかにはだれひとりおりません。

それから、みんながうちのなかへはいってきますと、

灰《はい》かぶりはいつものよごれた着物《きもの》をきて、灰《はい》のなかにねころんでいました。そして豆《まめ》ランプがひとつ、煙出《けむだ》しのなかでぼんやりともっていました。つまりそれは、こういうわけだったのです。灰《はい》かぶりは、ハト小屋《ごや》のなかにとびこみましたが、すばやく小屋《こや》のうしろからとびだして、あのハシバミの木《き》の下《した》へかけていったのでした。そこで、きれいな着物《きもの》をぬいで、お墓《はか》の上《うえ》におきますと、いつもの鳥《とり》がそれをどこかへもっていってしまったのでした。いっぽう、灰《はい》かぶりは、それから、ネズミ色《いろ》のいつものうわっぱりをきて、台所《だいどころ》へはいって、灰《はい》のなかにもぐりこんでいたのです。

そのつぎの日《ひ》にも、また宴会《えんかい》がもよおされました。おとうさんとおかあさんと、それに、ふたりのねえさんたちがでかけてしまいますと、灰《はい》かぶりは、さっそく、ハシバミの木《き》のところへいって、よびかけました。

ねえ　ハシバミさん　ゆれてうごいて
金《きん》と銀《ぎん》とをおとしてちょうだいな

すると、いつもの鳥《とり》が、きのうよりも、ずっとずっとりっぱな着物《きもの》をなげおとしてくれました。灰《はい》かぶりがこの着物《きもの》をきて、宴会《えんかい》の席《せき》にあらわれますと、だれもかれもがその美《うつく》しさにあっとおどろいてしまいました。

ところで、王子《おうじ》は、灰《はい》かぶりのくるのをずっと待《ま》っていました。ですから、灰《はい》かぶりのすがたを見《み》ますと、すぐにその手《て》をとって、灰《はい》かぶりとばかりおどりつづけました。だれかほかのものがやってきて、灰《はい》かぶりといっしょにおどりたいといっても、王子《おうじ》は、

「これはぼくの相手《あいて》だよ。」

と、いって、ことわりました。

そのうちに、日《ひ》がくれましたので、灰《はい》かぶりはうちにかえろうとしました。すると、王子《おうじ》はあとからついていって、灰《はい》かぶりがどこのうちにはいるか見《み》ようとしました。

ところが、灰《はい》かぶりは、王子《おうじ》のそばからすばやくにげだして、うちのうしろの庭《にわ》のなかにとびこみました。

庭《にわ》には美《うつく》しい大《おお》きな木《き》が一本《いっぽん》はえていて、それには、まことにみごとなナシの実《み》がなっていました。灰《はい》かぶりはリスのようにすばしこく、この木《き》によじのぼって、たちまち、枝《えだ》と枝《えだ》とのあいだにかくれてしまいました。そのため、王子《おうじ》には、灰《はい》かぶりがどこへいってしまったのやら、わからなくなりました。

でもそこで待《ま》っていますと、やがて、灰《はい》かぶりのおとうさんがやってきました。そこで、おとうさんに、王子《おうじ》はいいました。

「よそのむすめが、ぼくのところからにげだして、あのナシの木《き》の上《うえ》にとびあがってしまったらしい。」

それをきいて、おとうさんは、(木《き》の上《うえ》にとびあがったのなら、それは灰《はい》かぶりのはずだが。)

と、思《おも》いました。

そこで、おのをもってこさせて、その木《き》を切《き》りたおしました。けれども、木《き》の上《うえ》にはだれもいませんでした。

それから、みんなが台所《だいどころ》にはいってきますと、灰《はい》かぶりは、いつものように、灰《はい》のなかにねころんでいました。じつをいうと、それはこういうわけなのです。つまり、灰《はい》かぶりは木《き》のむこうがわにとびおりて、ハシバミの木《き》の上《うえ》のいつものの鳥《とり》に、きれいな着物《きもの》をかえしておいて、じぶんは、ネズミ色《いろ》のいつものうわっぱりにきかえていたのでした。
三日《みっか》めにも、おとうさんとまま母《はは》が、ねえさんたちをつれてでかけてしまいますと、灰《はい》かぶりは、またおかあさんのお墓《はか》のところへいって、ハシバミの木《き》によびかけました。

ねえ　ハシバミさん　ゆれてうごいて
金《きん》と銀《ぎん》とをおとしてちょうだいな

すると、いつもの鳥《とり》が着物《きもの》をなげおとしてくれました。ところが、その着物《きもの》ときたら、目《め》もさめるように美《うつく》しくて、きらびやかで、それこそ、まだだれもきたことのないようなものでした。それに、上《うわ》ぐつはぜんぶ金《きん》でできているというすばらしさです。

ですから、灰《はい》かぶりがこの着物《きもの》をきて、宴会《えんかい》の席《せき》へあらわれたときには、だれもかれもが、ただただおどろきあきれるばかりで、なんといったらいいのか、わからないくらいでした。

王子《おうじ》は、灰《はい》かぶりとばかり、ずっとおどりつづけました。だれかがやってきて、灰《はい》かぶりといっしょにおどりたいといっても、王子《おうじ》は、

「このひとはぼくの相手《あいて》だよ。」

と、いって、ことわりました。

そのうちに、日《ひ》がくれましたので、灰《はい》かぶりはかえろうとしました。もちろん、王子《おうじ》はあとからついていくつもりでした。ところが、灰《はい》かぶりがあんまりすばやくにげてしまいましたので、とうとう、あとからついていくことができませんでした。

でも、王子《おうじ》は、きょうは計略《けいりゃく》をめぐらして、階段《かいだん》じゅうにチャンというべたべたする薬《くすり》をぬらせておきました。そのため、灰《はい》かぶりが階段《かいだん》にとびおりたとたん、左《ひだり》の上《うわ》ぐつがべったりとチャンにくっついて、そのままあとにのこってしまいました。

王子《おうじ》がそのくつをとりあげてみますと、それはちっちゃくて、きれいで、ぜんぶ金《きん》でできていました。

そのつぎの朝《あさ》、王子《おうじ》はそのくつをもって、あの金持《かねも》ちの男《おとこ》のところへいきました。そして、

「この金《きん》のくつがぴったり足《あし》にあう女《おんな》を、ぼくは妻《つま》にしたいのだ。」

と、いいました。

それをきいて、ふたりのきょうだいはよろこびました。だって、ふたりともきれいな足《あし》をしていましたからね。

まず、ねえさんのほうが、そのくつをもってへやのなかにはいり、ためしてみようとしました。まま母《はは》もそのそばに立《た》っていました。

ところが、足《あし》の指《ゆび》が大《おお》きすぎるために、どうしてもはいりません。だいいち、くつぜんたいが小《ちい》さすぎます。そのようすを見《み》て、まま母《はは》はほうちょうをわたしながら、

「足《あし》の指《ゆび》なんか、切《き》ってしまいなさいよ。お妃《きさき》さまになれば、もう足《あし》で歩《ある》くこともなくなるからね。」

と、いいました。

むすめは足《あし》の指《ゆび》を切《き》りおとして、くつのなかに、むりやりに足《あし》をおしこみました。そして、いたいのをやっとがまんしながら、へやをでて、王子《おうじ》のところへいきました。

そこで、王子《おうじ》はこのむすめを花《はな》よめとして馬《うま》にのせ、

いっしょにそこをでかけました。ところが、ふたりは、あのお墓《はか》のそばをとおっていかなければなりませんでした。すると、ハシバミの木《き》にとまっていた二羽《にわ》のハトが、

ちょいとうしろを見《み》てごらん
ちょいとうしろを見《み》てごらん
くつのなかは血《ち》がいっぱい
だってくつがちいちゃすぎるもの
ほんとのよめさん　うちにいる

と、よびかけました。

こういわれて、王子《おうじ》がむすめの足《あし》もとを見《み》ますと、なるほど、血《ち》がそとまでながれでています。

王子《おうじ》はすぐさま馬《うま》のむきをかえて、にせの花《はな》よめを、またうちへつれていきました。そして、

「このむすめはほんものではないから、もうひとりのきょうだいにくつをはかせてみなさい。」

と、いいました。

そこで、こんどは、妹《いもうと》のほうがへやのなかにはいりました。うまいぐあいに、足《あし》の指《ゆび》はくつのなかにはいりましたが、かかとが大《おお》きすぎます。そのようすを見《み》ますと、まま母《はは》がほうちょうをわたして、いいました。

「かかとのすこしぐらい、切《き》ってしまいなさいよ。お妃《きさき》さまになれば、もう足《あし》で歩《ある》くこともなくなるからね。」

むすめはかかとをすこし切《き》りとって、くつのなかに、足《あし》をむりやりにおしこみました。そして、いたいのをやっとがまんしながら、へやをでて、王子《おうじ》のところへいきました。

そこで、王子《おうじ》はこのむすめを花《はな》よめとして馬《うま》にのせ、いっしょにでかけていきました。ふたりがハシバミの木《き》のそばをとおりかかりますと、木《き》の枝《えだ》にハトが二羽《にわ》とまっていて、

ちょいとうしろを見《み》てごらん
ちょいとうしろを見《み》てごらん
くつのなかは血《ち》がいっぱい

　だってくつがちいちゃすぎるもの
　　ほんとのよめさん　うちにいる

と、うたいました。

いわれて、王子《おうじ》がむすめの足《あし》を見《み》おろしますと、なるほど、くつから血《ち》がながれでて、しかも、白《しろ》いくつしたが上《うえ》のほうまでまっかにそまっています。

そこで、王子《おうじ》はすぐさま馬《うま》のむきをかえて、にせの花《はな》よめをまた家《うち》へつれていきました。

「このむすめもほんものではない。もう、ほかにむすめはないのかね。」

と、王子《おうじ》はいいました。

「ございません。」

と、お金持《かねも》ちの男《おとこ》がいいました。

「もっとも、なくなりました家内《かない》がのこしていったむすめがひとりおりますが、これは発育《はついく》もおくれておりまして、いつも灰《はい》だらけのきたないかっこうをしております。とても、花《はな》よめになれるようなものではございません。」

すると、王子《おうじ》は、

「そのむすめをここへつれてきなさい。」

と、いいました。

ところが、まま母《はは》は、

「まあ、とんでもないことでございます。とてもきたなすぎて、こちらへつれてまいれるようなものではございません。」

と、もうしました。

けれども、王子《おうじ》がどうしても見《み》たいというので、とうとう灰《はい》かぶりがよびだされることになりました。それで、灰《はい》かぶりは、まず両手《りょうて》と顔《かお》とをきれいにあらいました。それから、でてきて、王子《おうじ》のまえでおじぎをしました。

王子《おうじ》は灰《はい》かぶりに金《きん》のくつをわたしました。そこで、灰《はい》かぶりは足台《あしだい》にこしかけて、おもたい木《き》ぐつから足《あし》をぬきだして、上《うわ》ぐつにいれてみました。ところが、どうでしょう。くつはぴったりと灰《はい》かぶりの足《あし》にあっています。

それから、灰《はい》かぶりは立《た》ちあがりました。王子《おうじ》がその顔《かお》を見《み》ますと、それこそ、じぶんといっしょにおどった、あの美《うつく》しいむすめではありませんか。それで、王子《おうじ》は思《おも》わず大《おお》きな声《こえ》をだして、

「これがほんとうの花《はな》よめだ。」

と、いいました。

まま母《はは》とふたりのきょうだいは、びっくりしました。そして、くやしさのあまり、まっさおになりました。

けれども王子《おうじ》は、そんなことにはおかまいなく、灰《はい》か

ぶりを馬《うま》にのせて、いっしょにでかけました。ふたりがハシバミの木《き》のそばをとおりかかりますと、二羽《にわ》の白《しろ》いハトが声《こえ》をそろえて、

ちょいとうしろを見《み》てごらん
ちょいとうしろを見《み》てごらん
くつのなかには血《ち》がないよ
くつはちいちゃすぎないもの
こんどは　ほんとの花《はな》よめつれていく

と、うたっていました。ハトは、こううたってから、二羽《にわ》ともまいおりてきて、灰《はい》かぶりの肩《かた》の上《うえ》にとまりました。一羽《いちわ》は右《みぎ》に、一羽《いちわ》は左《ひだり》に。そして、そのまま、ずっ

とそこにとまっていました。

いよいよ灰《はい》かぶりと王子《おうじ》との婚礼《こんれい》がおこなわれることになりました。そのとき、にせの花《はな》よめになった、ふたりのきょうだいがやってきて、さかんにおせじをふりまきました。こうして、ふたりは灰《はい》かぶりのしあわせを、わけてもらおうと思《おも》ったのです。

花《はな》よめ、花《はな》むこが教会《きょうかい》へいくときには、ねえさんのほうは右《みぎ》がわに、妹《いもうと》のほうは左《ひだり》がわにつきそって歩《ある》いていきました。すると、二《に》羽《わ》のハトがとんできて、きょうだいの目玉《めだま》を、ひとつずつ、つつきだしてしまいました。

それから、式《しき》がすんででてきたときには、ねえさんのほうは左《ひだり》がわに、妹《いもうと》のほうは右《みぎ》がわにつきそっていました。すると、二羽《にわ》のハトが、きょうだいのもうひとつずつのこっている目玉《めだま》をつつきだしました。

こんなわけで、ふたりのきょうだいは、いじわるをしたり、にせの花《はな》よめになったりしたばちがあたって、一生《いっしょう》目《め》が見《み》えませんでした。

灰かぶり

【凡例】
・本編「灰かぶり」は、青空文庫作成の文字データを使用した。
底本：「グリム童話集(1)」偕成社文庫、偕成社
　1980（昭和55）年6月1刷
　2009（平成21）年6月49刷
※表題は底本では、「灰《はい》かぶり」となっている。
入力：sogo
校正：チエコ
2021年8月28日作成
・文字遣いは、青空文庫のデータによる。
・この作品には、今日からみれば不適切と思われる表現が含まれているが、作品の描かれた時代と、作品本来の価値に鑑み、底本のままとした。
・ルビは、青空文庫のものに加えて、新字新仮名のルビを付し、総ルビとした。
・追加したルビには文字遣いの他、読み方など格段の基準は設けていない。

ラプンツェル

むかし、あるところに、夫婦《ふうふ》が住《す》んでおりました。ふたりは、長《なが》い年月《ねんげつ》のあいだ、子《こ》どもをひとりほしいと思《おも》っていましたが、どうしてもさずかりませんでした。けれども、ようやく神《かみ》さまがその願《ねが》いをかなえてくださりそうなようすが、おかみさんにみえてきました。

この夫婦《ふうふ》のうちのうしろがわには、小《ちい》さな窓《まど》がありました。その窓《まど》からは、世《よ》にも美《うつく》しい花《はな》や野菜《やさい》のいっぱいうわっている、きれいな庭《にわ》が見《み》えました。けれども、その庭《にわ》は高《たか》いへいにとりかこまれていました。しかも、その庭《にわ》は、たいへんな勢力《せいりょく》をもっていて、世間《せけん》の人《ひと》たちからおそれられている、ある魔法使《まほうつか》いのばあさんのものでしたから、だれひとりそのなかへはいっていこうとするものはありませんでした。

ある日《ひ》のこと、おかみさんがこの窓《まど》ぎわに立《た》って、庭《にわ》を見《み》おろしていますと、それはそれはきれいなラプンツェル（チシャ）のうえてある野菜畑《やさいばたけ》が目《め》につきました。みるからに、みずみずしく、青《あお》あおとしたラプンツェルです。おかみさんはそれがほしくてたまらなくなって、なんとかして食《た》べたいものだと思《おも》いました。

しかもその思《おも》いは、日《ひ》ましにはげしくなるばかりでした。けれども、それがとても手《て》にいれられないことはわかりきっていましたので、おかみさんはすっかりやせほそって、顔色《かおいろ》もあおざめ、見《み》るかげもないようになってきました。

これを見《み》て、亭主《ていしゅ》はびっくりして、たずねました。

「おまえ、どうしたんだい。」

「ああ、ああ、うちのうらの庭《にわ》のラプンツェルが食《た》べられなかったら、あたしゃ死《し》んでしまうよ。」

と、おかみさんはこたえました。

亭主《ていしゅ》は、おかみさんがかわいくてなりませんので、

「女房《にょうぼう》を死《し》なせるくらいなら、あのラプンツェルをとってきてやれ。どうなったって、かまうものか。」

と、思《おも》いました。

そこで亭主《ていしゅ》は、夕《ゆう》やみにまぎれて、へいをのりこえました。魔法使《まほうつか》いの庭《にわ》にはいるがはやいか、おおいそぎでラプンツェルをひとつかみとって、おかみさんのところへもってきてやりました。

おかみさんは、それでさっそくサラダをこしらえて、がつがつ食《た》べました。ところが、そのおいしいことといったら、またとありません。そのためおかみさんは、そのつぎの日《ひ》になりますと、こんどは、まえの日《ひ》の三《さん》ばいもそれがほしくてたまらなくなってしまいました。おかみさんをおちつかせるためには、亭主《ていしゅ》はもういっぺんとなりの庭《にわ》におりていかなければなりませんでした。そこで、またもや夕《ゆう》やみをねらってでかけていきました。ところが、へいをのりこえたとたん、亭主《ていしゅ》はびっくりぎょうてんしてしまいました。むりもありません。すぐ目《め》のまえに、魔法使《まほうつか》いのばあさんが立《た》っていたのですからね。

「おまえはなんてずうずうしい男《おとこ》なんだい。」

と、魔法使《まほうつか》いは亭主《ていしゅ》をぐいとにらみつけて、いいました。

「わしの庭《にわ》へはいりこんで、どろぼうみたいに、わしのラプンツェルをぬすんでいくとは。さあ、ひどいめにあわせてくれるぞ。」

「ああ、どうかおゆるしくださいまし。」

と、亭主《ていしゅ》はこたえていいました。

「どうにもいたしかたなく、こんなことをしでかしたんでございます。じつは、女房《にょうぼう》めが、窓《まど》からこちらさまのラプンツェルを見《み》ましたんで。すると、どうしてもこれがほしくなって、ひと口《くち》でも食《た》べないことには、死《し》んじまうなどともうすものでございますから。」

これをきくと、魔法使《まほうつか》いはいかりをやわらげて、亭主《ていしゅ》にいいました。

「ほんとうにおまえのいうとおりなら、ほしいだけラプンツェルをとらせてやろう。そのかわり、ひとつだけ条件《じょうけん》がある。おかみさんが子《こ》どもを生《う》んだら、その子《こ》をわしにくれなければいけない。その子《こ》はしあわせにしてやろう。わしが母親《ははおや》のようにめんどうをみてやるよ。」

亭主《ていしゅ》はこわくてたまらないものですから、なにもかも承知《しょうち》してしまいました。

やがて、おかみさんがお産《さん》をしますと、魔法使《まほうつか》いのばあさんはさっそくやってきて、その子《こ》にラプンツェルという名《な》まえをつけて、いっしょにつれていってしまいました。

ラプンツェルは、お日《ひ》さまのてらすこの世《よ》のなかで、だれよりも美《うつく》しい子《こ》どもになりました。ラプンツェルが十二《じゅうに》のとき、魔法使《まほうつか》いのばあさんは、この子《こ》を森《もり》のなかの塔《とう》にとじこめてしまいました。その塔《とう》には、階段《かいだん》もなければ、入《い》り口《ぐち》もありません。ただ、ずっと高《たか》いところに小窓《こまど》がひとつあるきりでした。

魔法使《まほうつか》いのばあさんが塔《とう》のなかにはいろうと思《おも》うときには、塔《とう》の下《した》に立《た》って、こうよぶのでした。

ラプンツェル　ラプンツェル
おまえの髪《かみ》をたらしておくれ

ラプンツェルは、長《なが》い美《うつく》しい髪《かみ》の毛《け》をしていました。

まるで、黄金《こがね》をつむいだようにきれいでした。魔法使《まほうつか》いの声《こえ》をききますと、ラプンツェルはあんだ髪《かみ》をほどいて、窓《まど》のかぎにまきつけます。すると、髪《かみ》の毛《け》はするすると二十《にじゅう》エレ（約十二《やくじゅうに》メートル）ほどもたれさがりました。魔《ま》法使《ほうつか》いのばあさんはそれにつかまって、よじのぼっていくのでした。

それから、二《に》、三年《さんねん》たったときのことでした。あるとき、王子《おうじ》が馬《うま》にのってこの森《もり》のなかにはいってきて、この塔《とう》のそばをとおりかかりました。すると、それはそれは美《うつく》しい歌声《うたごえ》がきこえてきました。王子《おうじ》は思《おも》わず馬《うま》をとめて、じっとききほれました。それは、さびしさのあまり、こうして、美《うつく》しい声《こえ》をひびかせては、時《とき》をすごしているラプンツェルの歌声《うたごえ》だったのです。

王子《おうじ》は上《うえ》へのぼっていこうと思《おも》って、塔《とう》の入《い》り口《ぐち》をさがしてみました。けれども、どうしても見《み》つかりません。それで、しかたなくお城《しろ》へかえりましたが、その歌《うた》にたいそう心《こころ》をうごかされましたので、それからというものは、まい日森《にちもり》へでかけていっては、その歌《うた》に耳《みみ》をかたむけるのでした。

あるとき、王子《おうじ》が木《き》のかげにいますと、魔法使《まほうつか》いのばあさんがやってくるのが見《み》えました。そして、その女《おんな》が上《うえ》にむかって、

ラプンツェル　ラプンツェル
おまえの髪《かみ》をたらしておくれ

と、よびかけるのがきこえました。

それをきいたラプンツェルが、あんだ髪《かみ》の毛《け》をたらしますと、魔法使《まほうつか》いはそれにつかまってのぼっていきました。

（あれをはしごがわりにしてのぼっていけるのなら、ぼくもひとつ運《うん》だめしをしてみよう。）

そこで、そのつぎの日《ひ》、くらくなりかけたころ、王子《おうじ》は塔《とう》のところへいって、よびかけました。

ラプンツェル　ラプンツェル

　おまえの髪《かみ》をたらしておくれ

するとたちまち、髪《かみ》の毛《け》がたれさがってきましたので、王子《おうじ》はそれにつかまってのぼっていきました。ラプンツェルは、さいしょ、いままでに見《み》たこともない男《おとこ》の人《ひと》がはいってきましたので、ひどくびっくりしました。でも王子《おうじ》が、たいそうやさしく話《はな》しかけて、「ぼくは、あなたの歌《うた》にすっかり心《こころ》をうごかされて、そのため心《こころ》のおちつきもなくなってしまったのです。どうしても、あなたにあわずにはいられなかったのです。」と、話《はな》しますと、ラプンツェルのこわい気持《きも》ちも、ようやくきえうせました。それから、王子《おうじ》は、

「ぼくの妻《つま》になってはくれませんか。」

と、たずねました。

ラプンツェルは、王子《おうじ》がわかくて美《うつく》しいのを見《み》て、

（このかたなら、きっと、ゴーテルおばあさんよりもあたしをかわいがってくださるわ。）

と、思《おも》いましたので、すぐに、はい、とこたえて、じぶんの手《て》を王子《おうじ》の手《て》の上《うえ》にかさねました。そして、ラプンツェルはいいました。

「あたし、ごいっしょにいきたいんですけど、でもどうやっておりていったらいいのかわかりませんわ。これから、ここへいらっしゃるたびに、絹《きぬ》ひもを一本《いっぽん》ずつもっ

てきてください。それで、はしごをあみますわ。そして、はしごができたら、おりていきますから、あたしを馬《うま》にのせて、つれていってくださいな。」

そして、そのときまで、王子《おうじ》がまい晩《ばん》ラプンツェルのところへくることにしました。なぜって、昼《ひる》まは、ばあさんがきますもの。

魔法使《まほうつか》いのばあさんは、そんなことになっていようとはちっとも気《き》がつきませんでした。ところがあるとき、ラプンツェルがなにげなしに、こんなことをいってしまったのです。

「ねえ、ゴーテルおばあさん、どうしてなんでしょうねえ。わかい王子《おうじ》さまよりも、おばあさんのほうが、ひきあげるのに、ずっとおもいわ。王子《おうじ》さまは、あっというまにあがってきてしまうんですけどねえ。」

「ええ、このばちあたりめ。」

と、魔法使《まほうつか》いはどなりました。

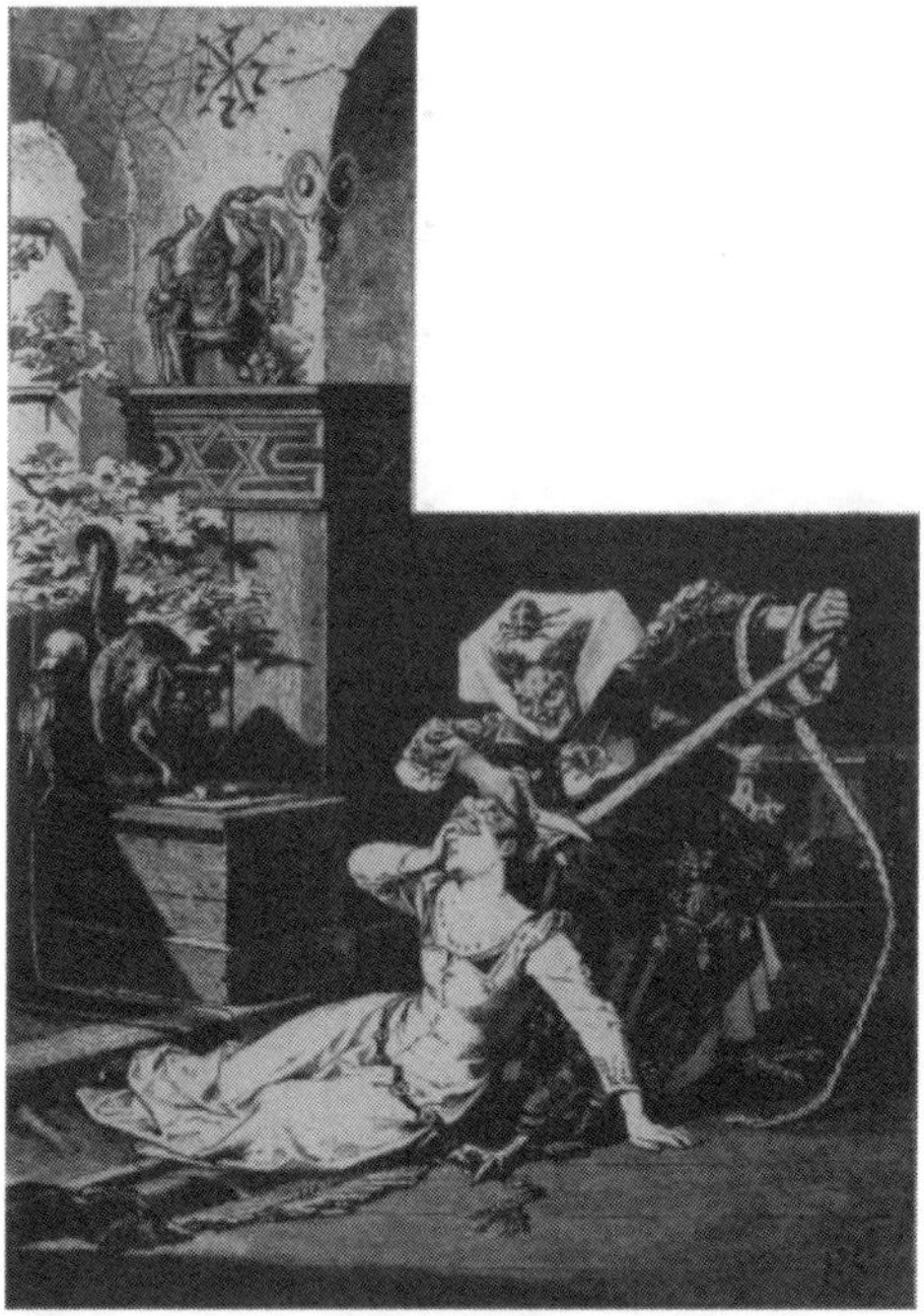

「なんてことをいうんだい。あたしゃ、おまえを世間《せけん》からひきはなしておいたつもりだったのに、よくもひとをだましたね。」

おばあさんは、腹《はら》だちまぎれに、ラプンツェルの美《うつく》しい髪《かみ》の毛《け》をひっつかむと、それを二巻《ふたま》き三巻《みま》き左《ひだり》の手《て》にまきつけました。そして、右手《みぎて》にはさみをとって、ジョキ、ジョキと髪《かみ》の毛《け》を切《き》ってしまいました。ですから、美《うつく》しい髪《かみ》の毛《け》はあまれたまま、床《ゆか》の上《うえ》におちました。

それればかりか、ばあさんはなさけようしゃもなく、かわいそうなラプンツェルを荒《あ》れ野原《のはら》へ追《お》いやってしまいました。ラプンツェルはここで、それはそれはつらい、みじめな日《ひ》をおくらなければなりませんでした。

いっぽう、魔法使《まほうつか》いのばあさんは、ラプンツェルを追《お》いだしてしまったその日《ひ》の夕《ゆう》がた、切《き》りとった髪《かみ》の毛《け》を

窓《まど》のかぎにむすびつけておきました。そして、王子《おうじ》がやってきて、

ラプンツェル　ラプンツェル
おまえの髪《かみ》をたらしておくれ

と、よびかけたとき、その髪《かみ》の毛《け》をおろしてやりました。

王子《おうじ》がのぼってみますと、どうでしょう。かわいいラプンツェルのすがたは見《み》えず、魔法使《まほうつか》いのばあさんが、にくにくしげな、ものすごい目《め》つきで、じぶんをにらみつけているではありませんか。

「はっはっは。」

と、ばあさんはばかにしたようにわらいました。

「かわいいおくさんをつれにおいでかい。だがね、きれいな小鳥《ことり》は、もう巣《す》にいやしないよ。歌《うた》もうたやしないさ。ネコにさらわれちまったんだよ。おまえも、ネコに目玉《めだま》をひっかかれるぞ。ラプンツェルはもうおまえのものじゃなくなったんだ。もう二度《にど》とあれの顔《かお》を見《み》ることはできなかろうよ。」

王子《おうじ》はかなしみのあまり、われをわすれて、もうどうにでもなれと、塔《とう》からとびおりました。命《いのち》はたすかりましたが、おちたところにはえていたイバラのとげに目《め》をつかれて、王子《おうじ》の目《め》はつぶれてしまいました。

目《め》の見《み》えなくなった王子《おうじ》は、森《もり》のなかをさまよい歩《ある》きました。食《た》べるものといえば、木《き》の根《ね》や草《くさ》の実《み》があるばかりでした。王子《おうじ》は、かわいい、かわいい妻《つま》をうしなってしまったことを、ただただなげきかなしんでいました。

こうして、王子《おうじ》がみじめな思《おも》いをして、二年《にねん》、三年《さんねん》とさまよいまわったあげく、とうとう、あの荒《あ》れ野《の》のなかへまよいこみました。ここここそ、あのラプンツェルが、じぶんの生《う》んだふた子《ご》の男《おとこ》の子《こ》と女《おんな》の子《こ》といっしょに、あわれなまい日《にち》をおくっている野原《のはら》だったのです。

王子《おうじ》は人声《ひとごえ》をききつけて、その声《こえ》になんだかききおぼえがあるように思《おも》いましたので、声《こえ》のするほうへと歩《ある》いていきました。こうして、王子《おうじ》が近《ちか》づいていきますと、ラプンツェルのほうで王子《おうじ》に気《き》がつきました。ラプンツェルは王子《おうじ》の首《くび》にだきついて、泣《な》きました。ラプンツェルの涙《なみだ》がふたしずく、王子《おうじ》の目《め》をぬらしますと、ふしぎにも、王子《おうじ》の目《め》はもとのようにはっきりしてきて、またむかしどおり、ものが見《み》えるようになりました。

王子《おうじ》はラプンツェルと子《こ》どもたちをつれて、国《くに》へかえりました。国《くに》では、人《ひと》びとが大《おお》よろこびでむかえてくれました。それから、みんなは長《なが》いあいだたのしく、幸福《こうふく》にくらしました。

【凡例】

・本編「ラプンツェル」は、青空文庫作成の文字データを使用した。
底本：「グリム童話集(1)」偕成社文庫、偕成社
　1980（昭和55）年6月1刷
　2009（平成21）年6月49刷
入力：sogo
校正：チエコ
2020年11月27日作成

・文字遣いは、青空文庫のデータによる。
・この作品には、今日からみれば不適切と思われる表現が含まれているが、作品の描かれた時代と、作品本来の価値に鑑み、底本のままとした。
・ルビは、青空文庫のものに加えて、新字新仮名のルビを付し、総ルビとした。
・追加したルビには文字遣いの他、読み方など格段の基準は設けていない。

星《ほし》の銀貨《ぎんか》

むかし、むかし、小《ちい》さい女《おんな》の子《こ》がありました。この子《こ》には、おとうさんもおかあさんもありませんでした。たいへんびんぼうでしたから、しまいには、もう住《す》むにもへやはないし、もうねるにも寝床《ねどこ》がないようになって、とうとうおしまいには、からだにつけたもののほかは、手《て》にもったパンひとかけきりで、それもなさけぶかい人《ひと》がめぐんでくれたものでした。

でも、この子《こ》は、心《こころ》のすなおな、信心《しんじん》のあつい子《こ》でありました。それでも、こんなにして世《よ》の中《なか》からまるで見《み》すてられてしまっているので、この子《こ》は、やさしい神《かみ》さまのお力《ちから》にだけすがって、ひとりぼっち、野原《のはら》の上《うえ》をあるいて行《ゆ》きました。すると、そこへ、びんぼうらしい男《おとこ》が出《で》て来《き》て、

「ねえ、なにかたべるものをおくれ。おなかがすいてたまらないよ。」と、いいました。

女《おんな》の子《こ》は、もっていたパンひとかけのこらず、その男《おとこ》にやってしまいました。そして、

「どうぞ神《かみ》さまのおめぐみのありますように。」と、いのってやって、またあるきだしました。すると、こんどは、

こどもがひとり泣《な》きながらやって来《き》て、

「あたい、あたまがさむくて、こおりそうなの。なにかかぶるものちょうだい。」と、いいました。

そこで、女《おんな》の子《こ》は、かぶっていたずきんをぬいで、子《こ》どもにやりました。

それから、女《おんな》の子《こ》がまたすこし行《ゆ》くと、こんど出《で》て来《き》たこどもは、着物《きもの》一枚《いちまい》着《き》ずにふるえていました。そこで、じぶんの上着《うわぎ》をぬいで着《き》せてやりました。それからまたすこし行《ゆ》くと、こんど出《で》てきたこどもは、スカートがほしいというので、女《おんな》の子《こ》はそれもぬいで、やりました。

そのうち、女《おんな》の子《こ》はある森《もり》にたどり着《つ》きました。もうくらくなっていましたが、また、もうひとりこどもが出《で》て来《き》て、肌着《はだぎ》をねだりました。あくまで心《こころ》のすなおな女《おんな》の子《こ》は、（もうまっくらになっているからだれにもみられやしないでしょう。いいわ、肌着《はだぎ》もぬいであげることにしましょう。）と、おもって、とうとう肌着《はだぎ》までぬいで、やってしまいました。

さて、それまでしてやって、それこそ、ないといって、きれいさっぱりなくなってしまったとき、たちまち、たかい空《そら》の上《うえ》から、お星《ほし》さまがばらばらおちて来《き》ました。しかも、それがまったくの、ちかちかと白銀色《はくぎんいろ》をした、ターレル銀貨《ぎんか》でありました。そのうえ、ついいましがた、肌着《はだぎ》をぬいでやってしまったばかりなのに、女《おんな》の子《こ》は、いつのまにか新《あたら》しい肌着《はだぎ》をきていて、しかもそれは、この上《うえ》なくしなやかな麻《あさ》の肌着《はだぎ》でありました。

女《おんな》の子《こ》は、銀貨《ぎんか》をひろいあつめて、それで一《いっ》しょうゆたかにくらしました。

星の銀貨

【凡例】

・本編「星の銀貨」は、青空文庫作成の文字データを使用した。
底本：「世界おとぎ文庫（グリム篇）森の小人」小峰書店
　１９４９（昭和24）年２月20日初版発行
　１９４９（昭和24）年12月30日４版発行
※「旧字、旧仮名で書かれた作品を、現代表記にあらためる際の作業指針」に基づいて、底本の表記をあらためた。
入力：大久保ゆう
校正：浅原庸子
２００４年６月16日作成
２００５年11月12日修正
・文字遣いは、青空文庫のデータによる。
・この作品には、今日からみれば不適切と思われる表現が含まれているが、作品の描かれた時代と、作品本来の価値に鑑み、底本のままとした。
・ルビは、青空文庫のものに加えて、新字新仮名のルビを付し、総ルビとした。
・追加したルビには文字遣いの他、読み方など格段の基準は設けていない。

ホレおばあさん

ある後家《ごけ》さんに、ふたりのむすめがありました。そのうちのひとりははたらきもので、美《うつく》しい子《こ》でしたが、もうひとりはみにくいうえに、たいへんななまけものでした。

けれども、後家《ごけ》さんはこのみにくいなまけもののほうの子《こ》をずっとかわいがっていました。だって、この子《こ》はじぶんのほんとうのむすめなんですからね。もうひとりの女《おんな》の子《こ》のほうは、うちじゅうのしごとをなにからなにまでやって、年《ねん》がら年《ねん》じゅう、灰《はい》だらけになっていなければなりませんでした。

かわいそうな女《おんな》の子《こ》は、まい日大通《にちおおどお》りへでて、泉《いずみ》のそばにこしをおろして、指《ゆび》から血《ち》がでてくるほど、たくさんの糸《いと》をつむがなければなりませんでした。

さて、あるときのことでした。糸巻《いとま》きが血《ち》だらけになりましたので、女《おんな》の子《こ》は泉《いずみ》にかがみこんで、糸巻《いとま》きをきれいにあらおうとしました。ところが、糸巻《いとま》きは女《おんな》の子《こ》の手《て》からするっとすべって、泉《いずみ》のなかにおちてしまいました。

女《おんな》の子《こ》は泣《な》きながら、まま母《はは》のところへかけていって、とんでもない失敗《しっぱい》をしたことを話《はな》しました。ところが、まま母《はは》は女《おんな》の子《こ》をひどくしかりつけました。しかも、女《おんな》の子《こ》をすこしもかわいそうだなどとは思《おも》わないで、こういいました。

「糸巻《いとま》きはおまえがおとしたんだから、じぶんでひろっといで。」

こういわれて、女《おんな》の子《こ》はすごすごと泉《いずみ》のところへひきかえしました。けれども、どうしていいのかわかりません。とうとう、思《おも》いあまって、女《おんな》の子《こ》は糸巻《いとま》きをとるために、泉《いずみ》のなかへとびこみました。と、女《おんな》の子《こ》は気《き》をうしなってしまいました。

やがて、ふと気《き》がついて、われにかえったときには、どうでしょう、女《おんな》の子《こ》は美《うつく》しい草原《くさはら》にいるではありませんか。お日《ひ》さまはきらきらとかがやいて、あたりには何《なん》千《ぜん》という花《はな》がさきみだれているのです。

女《おんな》の子《こ》がこの草原《くさはら》を歩《ある》いていきますと、やがてパン焼《や》きかまどのあるところへきました。かまどのなかには、パンがいっぱいはいっていました。ところが、そのパンが大《おお》きな声《こえ》でよびかけました。

「ああ、ぼくをひっぱりだしてくださあい。ひっぱりだしてくださあい。でないと、ぼくは焼《や》け死《し》んでしまいます。もうとっくに焼《や》けあがっているんですもの。」

それをきいて、女《おんな》の子《こ》はそのそばへいって、パン焼《や》きにつかう小《ちい》さなシャベルで、パンをひとつのこらずじゅんじゅんにだしてやりました。

それからまた、女《おんな》の子《こ》はずんずん歩《ある》いていきました。やがて、リンゴがすずなりになっている一本《いっぽん》の木《き》のところへきました。すると、そのリンゴが声《こえ》をはりあげて、よびかけました。

「ああ、わたしをゆすってください。わたしをゆすってください。わたしたちリンゴは、もうみんなじゅくしきっているんです。」

そこで、女《おんな》の子《こ》が木《き》をゆすってやりますと、リンゴはまるで雨《あめ》のように、ばらばらとふってきました。女《おんな》の子《こ》は、こうして木《き》にリンゴがひとつもなくなるまで、ゆすっておとしてから、それをひと山《やま》につみあげました。そうしておいて、女《おんな》の子《こ》はまたさきへ歩《ある》いていきました。

さんざん歩《ある》いたすえ、女《おんな》の子《こ》はようやく一軒《いっけん》の小《ちい》さな家《いえ》のまえにきました。家《いえ》のなかからは、ひとりのおばあさんがのぞいていました。ところが、そのおばあさんの歯《は》があんまり大《おお》きいものですから、女《おんな》の子《こ》はすっかりこわくなって、にげだそうとしました。すると、おばあさんがうしろから大《おお》きな声《こえ》でよびかけました。

「なにがこわいの、おまえ。わたしのところにおいで。

おまえが、うちのしごとをなんでもちゃんとしてくれるつもりなら、きっとおまえをしあわせにしてやるよ。おまえはね、(1)わたしの寝床《ねどこ》をきちんとして、それをよくふるって、羽根《はね》がとぶようによく気《き》をつけてくれればいいんだよ。そうすれば、人間《にんげん》の世界《せかい》に雪《ゆき》がふるのさ。わたしはホレおばあさんなんだよ。」

おばあさんは、いかにもしんせつにいってくれます。そこで、女《おんな》の子《こ》は思《おも》いきっておばあさんのいうことをきいて、このうちに奉公《ほうこう》することにしました。

女《おんな》の子《こ》は、なんでもおばあさんの気《き》にいるように、よく気《き》をつけました。寝床《ねどこ》もいつも力《ちから》いっぱいふるいましたから、羽根《はね》が雪《ゆき》のひらのように、あたりにとびちりました。おかげで、女《おんな》の子《こ》はおばあさんからこごとひとついわれることもなく、まい日《にち》まい日《にち》、煮《に》たり焼《や》いたりしたごちそうを食《た》べて、たのしくくらしていました。

こうして、女《おんな》の子《こ》はしばらくのあいだホレおばあさんのところにいましたが、そのうちに、なんとなくかなしくなってきました。はじめのうちは、どういうわけなのかじぶんでもわかり

ませんでしたが、とうとう、生《う》まれたうちがこいしくなってきたのだということに気《き》がつきました。ここにいるほうが、うちなんかにいるよりも何千《なんぜん》ばいしあわせかわからないのですが、それでもやっぱり、うちへかえりたくなったのです。それで、とうとう、女《おんな》の子《こ》はおばあさんにじぶんの気持《きも》ちを話《はな》しました。

「あたしはうちへかえりたくってしかたがないんです。地面《じめん》の下《した》のここにいるほうがしあわせでしょうけども、もうどうにもがまんができないんです。どうしても、地《じ》面《めん》の上《うえ》のうちの人《ひと》たちのところへいかずにはいられません。」

すると、ホレおばあさんはいいました。

「おまえがうちへかえりたくなったとは、うれしいことだね。おまえはほんとうによくはたらいてくれたから、わたしがおまえを上《うえ》までつれていってあげよう。」

こういって、おばあさんは女《おんな》の子《こ》の手《て》をとって、大《おお》きな門《もん》のまえへつれていきました。

門《もん》がひらかれて、女《おんな》の子《こ》がちょうどそのま下《した》に立《た》ちますと、金《きん》の雨《あめ》がはげしくふってきました。そして、その金《きん》がみんな女《おんな》の子《こ》のからだにくっつきましたので、女《おんな》の子《こ》はからだじゅう金《きん》だらけになりました。

「それはおまえにあげるよ。ほんとうによくはたらいてくれたからね。」

と、ホレおばあさんはいいました。

それから、おばあさんは、女《おんな》の子《こ》の手《て》から泉《いずみ》のなかへすべりおちた糸巻《いとま》きもかえしてくれました。そのとき、門《もん》がしまりました。と、いつのまにか、女《おんな》の子《こ》は、地面《じめん》の上《うえ》の人間《にんげん》の世界《せかい》に、それもおかあさんの家《いえ》からあまり遠《とお》くないところにあがっていたのです。

女《おんな》の子《こ》が家《いえ》の庭《にわ》のなかへはいりますと、井戸《いど》の上《うえ》にいたオンドリがなきさけびました。

コケッコッコー
金《きん》のじょうさまのおかえりだぁ

女《おんな》の子《こ》はうちのなかへはいって、おかあさんのところへいきました。ところが、こんどは、女《おんな》の子《こ》がからだじゅうに金《きん》をつけているものですから、おかあさんも妹《いもうと》もさかんにちやほやしてくれました。

女《おんな》の子《こ》はいままでのことをのこらず話《はな》しました。おかあさんは、この子《こ》がどうしてこんな大金持《おおがねも》ちになったかを、ききますと、もうひとりのみにくいなまけものの子《こ》にも、おなじしあわせをさずからせてやりたいと思《おも》いました。

こうして、もうひとりの女《おんな》の子《こ》は、おかあさんのいいつけで、泉《いずみ》のそばにすわって、糸《いと》をつむぐことになりました。

女《おんな》の子《こ》は糸巻《いとま》きを血《ち》だらけにするために、じぶんの指《ゆび》をつきさして、手《て》をイバラの垣《かき》のなかにつっこみました。それから、糸巻《いとま》きを泉《いずみ》のなかへほうりこんで、すぐそのあとからじぶんもとびこみました。

この女《おんな》の子《こ》も、まえの子《こ》とおなじように、いつのまにか美《うつく》しい草原《くさはら》にきていました。そして、おなじ小道《こみち》を歩《ある》いていきました。女《おんな》の子《こ》が、あのパン焼《や》きかまどのところまできますと、またまたパンがさけびました。

「ああ、ぼくをひっぱりだしてくださあい。ぼくをひっぱりだしてくださあい。でないと、ぼくは焼《や》け死《し》んでしまいます。もうとっくに焼《や》けあがっているんですもの。」

ところが、それをきいた女《おんな》の子《こ》は、

「あたし、じぶんのからだをよごすのはいやよ。」

と、いいすてて、さっさといってしまいました。

それからまもなく、あのリンゴの木《き》のところへきました。するど、リンゴが大声《おおごえ》でよびかけました。

「ああ、わたしをゆすってください。わたしをゆすってください。わたしたちリンゴは、もうみんなじゅくしきっているんです。」

ところが、女《おんな》の子《こ》はこたえていいました。

「なにいってんのよ。そんなことをすれば、あたしの頭《あたま》におっこちるかもしれないじゃないの。」

こういって、女《おんな》の子《こ》はずんずん歩《ある》いていきました。やがて、ホレおばあさんの家《いえ》のまえまできました。女《おんな》の子《こ》は、おばあさんの歯《は》がとっても大《おお》きいことは、もうまえからきいていましたので、ちっともこわがりませんでした。そして、すぐにおばあさんのところに奉公《ほうこう》することにしました。

女《おんな》の子《こ》は、はじめの日《ひ》は、むりにせいをだして、おばあさんのいうとおり、いっしょうけんめいはたらきました。だって、こうすれば、おばあさんがお金《かね》をたくさんくれるだろうと思《おも》ったからです。

けれども、二日《ふつか》めになると、もうなまけだしました。そして三日《みっか》めには、もっとなまけて、朝《あさ》になっても、どうしてもおきようとはしませんでした。

ホレおばあさんの寝床《ねどこ》をきちんとなおすことは、この女《おんな》の子《こ》の役《やく》めになっていたのですが、それもしませんでしたし、羽根《はね》がまいあがるほど、その寝床《ねどこ》をふるいもしませんでした。

ですから、たちまち、ホレおばあさんのほうでまいってしまって、もうはたらいてくれるのはけっこうだ、と女《おんな》の子《こ》にことわりました。

それをきいて、なまけものの女《おんな》の子《こ》はすっかりよろこびました。きっと、いまにも金《きん》の雨《あめ》がふってくるだろうと思《おも》ったのです。

ホレおばあさんは、この子《こ》もじぶんで門《もん》のところへつれていってやりました。ところが、女《おんな》の子《こ》が門《もん》の下《した》に立《た》ちますと、こんどは金《きん》のかわりに、大《おお》がまにいっぱいはいったチャンを、ざあっとあびせかけられました。

「これが、おまえのしてくれたしごとのほうびだよ。」

ホレおばあさんはこういうと、門《もん》をしめてしまいました。

こうして、なまけものの女《おんな》の子《こ》はうちへかえってきましたが、からだじゅう、チャンだらけになっていました。

井戸《いど》の上《うえ》にいたオンドリがそれを見《み》て、なきさけびました。

コケッコッコー

きたないじょうさまのおかえりだぁ

このチャンは女《おんな》の子《こ》のからだにこびりついてしまって、一生《いっしょう》のあいだどうしてもとれませんでした。

(1) ですから、この話《はなし》のでどころのヘッセン地方《ちほう》では、雪《ゆき》がふるとき、ホレおばあさんが寝床《ねどこ》をなおしている、といいます。

【凡例】

・本編「ホレおばあさん」は、青空文庫作成の文字データを使用した。
底本：「グリム童話集(1)」偕成社文庫、偕成社
　　1980（昭和55）年6月1刷
　　2009（平成21）年6月49刷
入力：sogo
校正：チエコ
2020年1月24日作成
・文字遣いは、青空文庫のデータによる。
・この作品には、今日からみれば不適切と思われる表現が含まれているが、作品の描かれた時代と、作品本来の価値に鑑み、底本のままとした。
・ルビは、青空文庫のものに加えて、新字新仮名のルビを付し、総ルビとした。
・追加したルビには文字遣いの他、読み方など格段の基準は設けていない。

漁師《りょうし》とそのおかみさんの話《はなし》

むかしむかし、ひとりの漁師《りょうし》とそのおかみさんがおりました。ふたりは、海《うみ》のすぐそばの小屋《こや》に住《す》んでいました。漁師《りょうし》はまい日魚《にちさかな》つりにでかけました。あけてもくれても、魚《さかな》つりばかりしていました。

あるとき、漁師《りょうし》はつりざおのそばにすわって、きらきらかがやく水《みず》のなかをじっとのぞきこんでいました。漁《りょう》師《し》は、いつまでもすわったきりでした。

と、とつぜん、つり糸《いと》が水底《みなそこ》ふかくぐんぐんしずんでいきました。漁師《りょうし》がさおをあげてみますと、大《おお》きなヒラメがかかっていました。すると、そのヒラメが漁師《りょうし》にむかっていいました。

「ねえ、漁師《りょうし》さん、おねがいだから、わたしを生《い》かしておいてください。わたしは、ほんとうはヒラメではなくって、魔法《まほう》をかけられている王子《おうじ》なんです。あなたがわたしを殺《ころ》したところで、なんの役《やく》にたちましょう。食《た》べてもおいしくはありませんよ。どうかもういちどわたしを水《みず》のなかにいれて、にがしてください。」

「よしよし。」

と、漁師《りょうし》はいいました。

「そんなにいろいろいいたてなくてもいい。口《くち》のきけるヒラメなら、にがさずにおくもんかい。」

こういって、漁師《りょうし》はきらきらかがやいている水《みず》のなかへ、もういちど魚《さかな》をはなしてやりました。ヒラメは水底《みなそこ》へもぐっていきましたが、あとへ長《なが》い血《ち》のすじをのこしていきました。そこで、漁師《りょうし》は立《た》ちあがって、おかみさんのいる小屋《こや》にかえっていきました。

「おまえさん、きょうはなんにもとれなかったのかい。」

と、おかみさんがたずねました。

「うん、なんにもだ。」

と、漁師《りょうし》はいいました。

「ヒラメを一《いっ》ぴきとりはしたがな、そいつが魔法《まほう》をかけられた王子《おうじ》だっていうもんだから、またにがしてやっちまった。」

「で、おまえさん、そいつになんにもたのまなかったの。」

と、おかみさんがたずねました。

「そうよ。」

と、漁師《りょうし》はいいました。

「いったい、なにをたのもうっていうんだい。」

「あきれたねえ。」

と、おかみさんがいいました。

「こんな小屋《こや》にいつまでも住《す》んでるなんて、いやんなっちゃうよ。このなかはくさくって、胸《むね》がむかむかするじゃないの。小《ちい》さなうちをひとつほしいっていやあよかったのに。もういっぺんいって、そのヒラメをよびだしてさ、わたしたちゃ小《ちい》さなうちがほしいっていってごらんよ。きっと、くれるから。」

「それにしてもなあ――」

と、漁師《りょうし》はいいました。

「なんだって、もういっぺんいくんだい。」

「だってさ、おまえさん、そいつをつかまえて、またにがしてやったんだろ。だから、きっと、なんとかしてくれるさ。すぐいっといでよ。」

漁師《りょうし》は、それでもまだ気《き》がすすみませんでしたが、おかみさんに反対《はんたい》しようとも思《おも》いませんので、海《うみ》へでかけていきました。さっきのところへきてみますと、海《うみ》はすっかりみどり色《いろ》と黄色《きいろ》になっていて、もうきらきらひかってはいませんでした。

漁師《りょうし》は海《うみ》べに立《た》って、こういいました。

小人《こびと》さん　小人《こびと》さん　きておくれ
ヒラメさん　海《うみ》のヒラメさん
おれの女房《にょうぼ》のイルゼビルが
おれの思《おも》うようにならんのだ

すると、あのヒラメがおよいできて、いいました。

「なんです、おかみさんはなにがほしいっていうんです。」

「いやなあ。」

と、漁師《りょうし》はいいました。

「おれはおまえをつったろう。だから、おまえになにかたのめばよかったと、女房《にょうぼ》のやつがいうんだよ。あれはもうぼろ小屋《ごや》に住《す》むのはいやで、小《ちい》さなうちが一軒《いっけん》ほしいんだそうだ。」

「おかえりなさい。おかみさんには、もううちができていますよ。」

と、ヒラメがいいました。

こういわれて、漁師《りょうし》が家《うち》にかえってみますと、おかみさんはもう小屋《こや》にはいませんでした。そこには小《ちい》さな家《うち》が一軒《いっけん》たっていて、おかみさんは戸口《とぐち》のベンチにこしかけていました。おかみさんは漁師《りょうし》の手《て》をとって、いいました。

「まあ、はいってごらん。まえよりはずっといいよ。」

ふたりはなかへはいりました。家《うち》には、小《ちい》さな玄関《げんかん》と、小《ちい》さなりっぱな居間《いま》と、ベッドのおいてある小《こ》べやがありました。それに、台所《だいどころ》も食堂《しょくどう》もあります。どのへやにもじょうとうの道具《どうぐ》がそろっていて、入《い》り用《よう》なものは、・・すずやしんちゅうでまことにみごとにそなえつけができていました。さらに家《うち》のうしろには、ニワトリやアヒルのいる小《ちい》さな庭《にわ》もありましたし、いろんな野菜《やさい》や、くだものの木《き》のうわっている、ちょっとした畑《はたけ》もありました。

「ごらんよ。」

と、おかみさんがいいました。

「わるくないじゃあないか。」

「まったくだ。」

と、漁師《りょうし》がいいました。

「ずうっとこのまんまでいてもらいたいもんだ。もう、これでいいとしてくらそうぜ。」

「まあ、よく考《かんが》えてみようよ。」

と、おかみさんはいいました。

それから、ふたりはなにか食《た》べて、ベッドにはいりました。

こうして、一週間《いっしゅうかん》か二週間《にしゅうかん》は、うまいぐあいにすぎました。ところが、そのうちに、おかみさんがこんなことをいいだしました。

「ねえ、おまえさん、このうちはせますぎるよ。それにさ、庭《にわ》だって畑《はたけ》だって小《ちい》さすぎるよ。ヒラメは、もっと大《おお》きいうちだってあたしたちにくれられたろうにねえ。あたしゃ大《おお》きい石《いし》のお城《しろ》に住《す》んでみたいよ。ヒラメのところへいって、お城《しろ》をもらっといでよ。」

「あきれたなあ、おまえ。」

と、漁師《りょうし》はいいました。

「このうちでたくさんじゃないか。なんだってお城《しろ》に住《す》みたいなんていうんだ。」

「なにいってんだい。いいから、いっといでよ。ヒラメにゃそのくらいのこと、いつだってできるんだよ。」

と、おかみさんがいいました。

「そいつあ、いけねえよ、おまえ。」

と、漁師《りょうし》はいいました。

「ヒラメはこのうちをおれたちにくれたばっかりじゃないか。いますぐいくなんて、おれはまっぴらごめんだ。そんなことをすりゃ、ヒラメだって気《き》をわるくすらあ。」

「いいから、いってきてよ。」

と、おかみさんがいいました。

「そのくらいのこと、ヒラメならうまくやってのけるよ。よろこんでしてくれるさ。さあさあ、いっといでよ。」

漁師《りょうし》は気《き》がおもくて、いきたくはありませんでした。

「こいつは、どうもよくねえ。」

と、漁師《りょうし》はひとりごとをいいましたが、しかたなくでかけていきました。

海《うみ》にきてみますと、水《みず》の色《いろ》はすっかりスミレ色《いろ》とあい色《いろ》と灰色《はいいろ》になっていて、おまけにどろっとしていて、もうまえのようにみどり色《いろ》や黄色《きいろ》ではありませんでした。

でも、まだおだやかでした。

漁師《りょうし》はそこに立《た》って、いいました。

小人《こびと》さん　小人《こびと》さん　きておくれ
ヒラメさん　海《うみ》のヒラメさん
おれの女房《にょうぼ》のイルゼビルが

おれの思《おも》うようにならんのだ

「どうしたんです、おかみさんは、いったいなにがほしいんです。」

と、ヒラメがいいました。

「それがなあ。」

と、漁師《りょうし》ははんぶんびくびくしながら、いいました。

「大《おお》きな石《いし》のお城《しろ》に住《す》みたいっていうんだよ。」

「おかえりなさい。おかみさんは戸口《とぐち》に立《た》っていますよ。」

と、ヒラメがいいました。

そこで、漁師《りょうし》はひきかえして、家《うち》へかえろうと思《おも》いました。ところが、もどってみますと、そこには大《おお》きな石《いし》のお城《しろ》がそびえています。おかみさんは、ちょうど階段《かいだん》の上《うえ》に立《た》っていて、いまなかにはいろうとしているところでした。おかみさんは漁師《りょうし》の手《て》をとって、

「なかへおはいりよ。」

と、いいました。

こういわれて、漁師《りょうし》がおかみさんといっしょになかへはいってみますと、お城《しろ》のなかには、大理石《だいりせき》をしきつめた、大《おお》きな入《い》り口《ぐち》の間《ま》がありました。そして、そこには召使《めしつか》いたちがおおぜいいて、大《おお》きな扉《とびら》をつぎつぎとあけてくれました。

ぐるりの壁《かべ》は、みんなぴかぴかひかっていて、美《うつく》しい壁《かべ》かけがかかっていました。へやのなかのいすやテーブルは金《きん》でできていて、天井《てんじょう》からは水晶《すいしょう》のシャンデリアがさがっていました。そして、どのへやにもどの小《こ》べやにも、すっかりじゅうたんがしきつめてありました。しかもテーブルの上《うえ》には、ごちそうや、とびきりじょうとうのブドウ酒《しゅ》が、いまにもテーブルをおしつぶしてしまいそうなくらい、いっぱいのせてありました。

それから、お城《しろ》のうしろには大《おお》きな庭《にわ》があって、そこには馬《うま》小屋《ごや》も牛《うし》小屋《ごや》もありました。そして、りっぱな馬車《ばしゃ》も、いく台《だい》かおいてありました。

また、世《よ》にも美《うつく》しい草花《くさばな》や、おいしいくだものの木《き》のうわっている、大《おお》きなすばらしい花壇《かだん》もありました。それにまた、たっぷり半《はん》マイル（一《いち》ドイツマイルは七《なな》・五《ご》キロメートル）はある遊園《ゆうえん》もあって、そこには大《おお》きなシカでも、小《ちい》さなシカでも、ウサギでも、人《ひと》のほしいと思《おも》うものは、なんでもおりました。

「どう、よかあない。」

と、おかみさんがいいました。

「まったくよ。」

と、漁師《りょうし》がいいました。

「ずうっとこのまんまでいたいもんだ。おれたちゃこのきれいなお城《しろ》に住《す》むんだぞ。これでもう、いいとしょうぜ。」

「まあ、よく考《かんが》えてみようよ。」

と、おかみさんはいいました。

「とにかく、ねるとしようよ。」

こうして、ふたりはベッドにはいりました。

つぎの朝《あさ》、おかみさんのほうがさきに目《め》をさましました。ちょうど夜《よ》があけたばかりのところでした。おかみさんは、ベッドのなかから、目《め》のまえにひろがっているすばらしい土地《とち》をながめました。

漁師《りょうし》はまだ手足《てあし》をのばして、ねていました。すると、おかみさんはひじで漁師《りょうし》の横《よこ》っ腹《ぱら》をつっついて、いいました。

「おまえさん、おきて、窓《まど》のそとを見《み》てごらんよ。ねえ、あたしたち、ここらじゅうの王《おう》さまになれないもんかね。ヒラメのとこへいっといでよ。あたしたちゃ、王《おう》さまになりたいんだもの。」

「いやんなっちゃうなあ、おまえ。」

と、漁師《りょうし》がいいました。

「なんだって王《おう》さまになんかなりたいんだ。おれは王《おう》さまなんぞ、ごめんこうむる。」

「へえ、そうかい。」

と、おかみさんがいいました。

「おまえさんが王《おう》さまになりたくなけりゃ、あたしが王《おう》さまになるよ。ヒラメのとこへいってきとくれ。あたしゃ、王《おう》さまになりたいんだよ。」

「おどろいたなあ、おまえ。」

と、漁師《りょうし》はいいました。

「どうしてまた、王《おう》さまになんかなりたいんだ。おれは、そんなことというのは、いやだよ。」

「なにがいやなのさ。」

と、おかみさんはいいました。

「ぐずぐずいわずに、さっさといってきとくれよ。あたしゃ、どうしたって王《おう》さまになるんだから。」

そこで、漁師《りょうし》はでていきましたが、おかみさんが王《おう》さまになりたいなどというものですから、すっかりよわりきっていました。

（こいつはよくねえ。よくねえこった。）

と、漁師《りょうし》は思《おも》いましたので、いきたくはありませんでした。しかし、どうにもしかたなく、でかけていきました。

海《うみ》べへきてみますと、海《うみ》はすっかり黒《くろ》ずんでネズミ色《いろ》をしていました。水《みず》は底《そこ》のほうからブツブツわきかえっていて、くさったようないやなにおいが、ぷんぷんしていました。

漁師《りょうし》はそこに立《た》って、いいました。

小人《こびと》さん　小人《こびと》さん　きておくれ
ヒラメさん　海《うみ》のヒラメさん
おれの女房《にょうぼ》のイルゼビルが
おれの思《おも》うようにならんのだ

「どうしたんです、おかみさんはなにがほしいっていうんです。」

と、ヒラメがいいました。

「それがなあ。」

と、漁師《りょうし》はいいました。

「王《おう》さまになりたいっていうんだよ。」

「おかえりなさい。おかみさんはもうのぞみどおりになっていますよ。」

と、ヒラメがいいました。

そこで、漁師《りょうし》はかえっていきました。お城《しろ》のそばまできてみますと、お城《しろ》はまえよりもずっと大《おお》きくなって、大《おお》きな門《もん》にはすばらしいかざりがしてあります。扉《とびら》のまえには番兵《ばんぺい》が立《た》っています。そこらじゅうに、おおぜいの兵隊《へいたい》がいて、たいこやラッパもたくさんありました。

お城《しろ》のなかへはいってみますと、なにもかもがほんものの大理石《だいりせき》に金《きん》をとりあわせたものばかりでした。ビロードのおおいには、大《おお》きな金《きん》のふさがついていました。

大広間《おおひろま》の扉《とびら》があきますと、そこには宮中《きゅうちゅう》のお役人《やくにん》が、ひとりのこらず、いならんでいました。そして漁師《りょうし》のおかみさんは、金《きん》とダイヤモンドでできている高《たか》い玉座《ぎょくざ》にすわり、大《おお》きな金《きん》のかんむりをかぶって、金《きん》と宝石《ほうせき》のしゃ・く・をもっていました。そして、おかみさんの両《りょう》がわには、わかい侍女《じじょ》がそれぞれ六人《ろくにん》ずつ一列《いちれつ》にならんで立《た》っていました。そのひとりひとりは、頭《あたま》の高《たか》さだけじゅんじゅんに背《せ》がひくくなっていました。

漁師《りょうし》はおかみさんのまえまで歩《ある》いていきますと、立《た》ちどまって、いいました。

「おやおや、おまえは王《おう》さまになったのかい。」

「そうだよ、あたしゃ王《おう》さまだよ。」

と、おかみさんはこたえました。

漁師《りょうし》はそこにつっ立《た》ったまま、おかみさんをじろじろながめていました。こうして、しばらくながめてから、漁師《りょうし》はいいました。

「なあ、おまえ、おまえが王《おう》さまたぁ、すばらしいこった。もうこのうえのぞむのはよそうぜ。」

「それがねえ、おまえさん。」

と、おかみさんはちっともおちつかないようすで、いいました。

「あたしゃあ、すっかりあきあきしちまって、もうどうにもがまんができないんだよ。ヒラメのところへいってきとくれ。あたしゃ王《おう》さまなんだから、こんどは、どうしても皇帝《こうてい》になりたいんだよ。」

「じょうだんじゃないよ、おまえ。」

と、漁師《りょうし》はいいました。

「どうしてまた、皇帝《こうてい》になんかなりたいんだ?」

「おまえさん、ヒラメのとこへいってきとくれよ。あたしゃ、皇帝《こうてい》になりたいんだもの。」

「だがなあ、おまえ。」

と、漁師《りょうし》はいいました。

「ヒラメだって、皇帝《こうてい》になんかすることたあできない。

おれは、ヒラメにそんなことというのはいやだ。皇帝《こうてい》といやあ、国《くに》じゅうにひとりっきりしかいないもんだ。いくらヒラメだって皇帝《こうてい》をこしらえるこたあできない。どうしたって、そんなこたあできない。できやしないよ。」

「なんだって。」

と、おかみさんがいいました。

「あたしが王《おう》さまで、おまえさんはただの、あたしの夫《おっと》なんだよ。すぐいってくれるね。さあ、すぐいってきておくれよ。ヒラメは、王《おう》さまだってこしらえたんだもの、皇帝《こうてい》だってこしらえられるさ。あたしゃ、どんなことをしても皇帝《こうてい》になりたいんだよ。すぐいってきておくれ。」

漁師《りょうし》はどうしてもいかなければなりません。それで、でかけるにはでかけましたが、なんだか心配《しんぱい》で心配《しんぱい》でなりませんでした。そして歩《ある》きながら、ひとりで考《かんが》えました。

（こいつぁあ、よくねえ、よくねえことになるぞ。皇帝《こうてい》たあ、あんまりあつかましすぎらあ。ヒラメだって、しまいにゃいやになっちまうぞ。）

こんなことを考《かんが》えながら、海《うみ》べにきてみますと、海《うみ》はまっ黒《くろ》で、どろどろしていました。そして、底《そこ》のほうからブツブツわきかえりはじめましたので、たちまち、あわだらけになりました。しかもその上《うえ》を、つむじ風《かぜ》がふきまくるものですから、水《みず》はちりぢりにちぢれました。このありさまを見《み》て、漁師《りょうし》はおそろしくなりました。けれども、浜《はま》べに立《た》って、いいました。

小人《こびと》さん　小人《こびと》さん　きておくれ
ヒラメさん　海《うみ》のヒラメさん
おれの女房《にょうぼ》のイルゼビルが
おれの思《おも》うようにならんのだ

「どうしたんです、おかみさんはなにがほしいっていうんですか。」

と、ヒラメがいいました。

「それがねえ、ヒラメさん、皇帝《こうてい》になりたいっていうんだよ。」

と、漁師《りょうし》はこたえました。

「おかえりなさい。おかみさんはのぞみどおりになっていますよ。」

と、ヒラメがいいました。

そこで、漁師《りょうし》は家《いえ》にかえりました。もどってみますと、お城《しろ》ぜんたいが大理石《だいりせき》づくりになっていて、まっ白《しろ》な石《せっ》こうの彫像《ちょうぞう》もおいてあれば、金《きん》のかざりもついていました。

扉《とびら》のまえでは兵隊《へいたい》たちが行進《こうしん》して、ラッパをふいたり、大《おお》だいこや小《こ》だいこをうちならしていました。お城《しろ》のなかでは、男爵《だんしゃく》や伯爵《はくしゃく》や公爵《こうしゃく》が、家来《けらい》としていったりきたりしていました。そしてその人《ひと》たちが、純金《じゅんきん》でできている扉《とびら》をあけてくれました。

漁師《りょうし》がなかにはいってみますと、おかみさんは玉座《ぎょくざ》にすわっていました。その玉座《ぎょくざ》は、ひとかたまりの金《きん》でつくってあって、高《たか》さはたっぷり二《に》マイルぐらいもありそうでした。そして、おかみさんは金《きん》のかんむりをかぶっていましたが、その高《たか》さがまた、三《さん》エレ（二《に》メートル）ほどもあって、ダイヤモンドとルビーがちりばめてありました。それから、かたほうの手《て》にはしゃ・く・をもち、もういっぽうの手《て》には皇帝《こうてい》のしるしの、宝珠《ほうじゅ》をもっていました。

そのうえ、おかみさんの両《りょう》がわには、近衛兵《このえへい》が二列《にれつ》にずらっとならんでいました。それがまた、身《み》のたけ二《に》マイルもある大男《おおおとこ》から、ひとりずつじゅんじゅんに小《ちい》さくなって、おしまいはわたしの小指《こゆび》ぐらいしかない小男《こおとこ》までがならんでいるのでした。そのまえには、ちょうどおなじ数《かず》だけの公爵《こうしゃく》と伯爵《はくしゃく》が立《た》っていました。

漁師《りょうし》はそのなかを歩《ある》いていって、まんなかに立《た》ちどまって、いいました。

「おまえ、皇帝《こうてい》になったのかい。」

「そうだよ、あたしは皇帝《こうてい》だよ。」
と、おかみさんはこたえました。
それから、漁師《りょうし》はまた歩《ある》いていって、立《た》ちどまります
と、おかみさんをつくづくながめました。しばらくこう
してながめてから、いいました。
「なあ、おまえ、おまえが皇帝《こうてい》たあ、すばらしいこった。」
「おまえさん、なんだってそんなとこにつっ立《た》ってる
んだい。あたしゃ皇帝《こうてい》になったけど、こんどは法王《ほうおう》にも
なりたいんだよ。ヒラメのとこへいってきとくれ。」
と、おかみさんがいいました。
「あきれてものもいえねえな。」

と、漁師《りょうし》はいいました。

「いったい、おまえがなりたくないってものは、ないのかい。法王《ほうおう》になんかなれっこねえよ。法王《ほうおう》といやあ、キリスト教《きょう》の世界《せかい》でたったひとりしかいないんだからな。いくらヒラメだって、法王《ほうおう》はこしらえられねえよ。」

「おまえさん、あたしゃ法王《ほうおう》になりたいんだよ。さあ、はやくいってきとくれよ。あたしゃ、なんでもかんでもきょうのうちに法王《ほうおう》になりたいんだもの。」

と、おかみさんがいいたてました。

「いやだよ、おまえ。」

と、漁師《りょうし》はいいました。

「おれは、そんなこというのはごめんだ。そいつはよくねえぜ。あんまりあつかましすぎるもの。ヒラメにだって、おまえを法王《ほうおう》にするなんてこたあ、できやしないよ。」

「おまえさん、なにをばかなこといってんだい。」

と、おかみさんがいいました。

「皇帝《こうてい》にすることができるんなら、法王《ほうおう》にだってできるはずさ。さっさといってきとくれ。あたしゃ皇帝《こうてい》で、おまえさんは、ただのあたしの夫《おっと》なんだよ。すぐいってきてくれるかい。」

こういわれますと、漁師《りょうし》はびくびくして、でていきました。けれども、からだの力《ちから》がすっかりぬけてしまったようです。からだはがたがたふるえ、ひざやふくらはぎはがくがくしていました。

風《かぜ》が陸地《りくち》の上《うえ》をビュウビュウふきまくっています。雲《くも》は矢《や》のようにはやくとんでいます。日《ひ》がくれかかって、あたりがくらくなってきました。木《こ》の葉《は》が、木《き》からバラバラとおちてきました。水《みず》は煮《に》えくりかえるように、とどろきゆれて、バチャバチャと岸《きし》べをうっていました。遠《とお》くのほうに、いくそうかの船《ふね》が見《み》えました。船《ふね》は波《なみ》の上《うえ》で、おどったりはねたりしながら、鉄砲《てっぽう》をうって、たすけをもとめていました。

しかし、空《そら》のまんなかには、まだわずかながら青《あお》いところが見《み》えました。そのまわりは、ひどい嵐《あらし》のときのように、まっかでした。

このありさまに漁師《りょうし》はすっかりおじけづいて、おどおどしながら、浜《はま》べに立《た》って、いいました。

小人《こびと》さん　小人《こびと》さん　きておくれ
ヒラメさん　海《うみ》のヒラメさん
おれの女房《にょうぼ》のイルゼビルが
おれの思《おも》うようにならんのだ

「どうしたんです、おかみさんはなにがほしいっていうんですか。」

と、ヒラメがいいました。

「それがねえ。」

と、漁師《りょうし》はこたえました。

「法王《ほうおう》になりたいっていうんだよ。」

「おかえりなさい。おかみさんはのぞみどおりになっていますよ。」

と、ヒラメがいいました。

そこで、漁師《りょうし》はかえっていきました。もどってみますと、こんどは、りっぱな宮殿《きゅうでん》でかこまれた大《おお》きな教会《きょうかい》のようなものがたっています。

漁師《りょうし》が人《ひと》ごみをおしわけていきますと、そのなかは、何千《なんぜん》というあかりであかあかとてらされていました。おかみさんは金《きん》の衣装《いしょう》を身《み》につけて、まえよりもずっと高《たか》い玉座《ぎょくざ》にすわり、大《おお》きな金《きん》のかんむりを三《みっ》つもかぶっていました。

そのまわりには、坊《ぼう》さんたちがおおぜいいました。それから、両《りょう》がわには、ろうそくが二列《にれつ》に立《た》てられていました。そのなかのいちばん大《おお》きいのは、世界《せかい》でいちばん大《おお》きい塔《とう》ぐらいもふとくて大《おお》きく、いちばん小《ち》さいのは台所《だいどころ》の豆《まめ》ろうそくぐらいしかありませんでした。

皇帝《こうてい》や王《おう》さまがひとりのこらずそこにいて、おかみさんのまえにひざまずいて、そのくつにせっぷんしていました。

「おまえ――」

と、漁師《りょうし》はいって、おかみさんをじろじろながめました。

「法王《ほうおう》になったのかい。」

「そうだよ、あたしは法王《ほうおう》だよ。」

と、おかみさんはいいました。

それから、漁師《りょうし》はそばへあゆみよって、おかみさんをじいっと見《み》つめました。そのようすは、まるで明《あか》るいお日《ひ》さまを見《み》ているようでした。こうして、しばらく見《み》つめてから、いいました。

「なあ、おまえ、おまえが法王《ほうおう》たあ、すばらしいこった。」

けれども、おかみさんは、まるで木《き》のようにしゃちほこばって、身動《みうご》きひとつしません。

そこで、漁師《りょうし》はいいました。

「おまえ、もうこれでいいとしろよ。おまえは法王《ほうおう》なんだぞ。もうこれいじょうのものにはなれやしねえ。」

「まあ、よく考《かんが》えてみるよ。」

と、おかみさんはいいました。

こうして、ふたりはベッドにはいりました。けれども、おかみさんはまだ満足《まんぞく》してはいませんでした。おかみさんは欲《よく》の皮《かわ》がつっぱって、どうしてもねむることができません。こんどはなんになってやろうかと、そんなことばかり考《かんが》えていたのです。

漁師《りょうし》のほうは、すぐにぐっすりとねむりこんでしまいました。むりもありません。一日《いちにち》じゅうかけずりまわったんですからね。

ところがおかみさんのほうは、どうにもねむることができず、ひと晩《ばん》じゅう、ごろごろねがえりばかりうっていました。そして、こんどなれるのはなんだろうと、いっしょうけんめい考《かんが》えていましたが、なにひとつ思《おも》いつくことができませんでした。

そうしているうちに、とうとう、お日《ひ》さまがのぼりだしました。おかみさんは東《ひがし》の空《そら》が明《あか》るくなってくるのを見《み》ますと、ベッドのはしにからだをおこして、そっちのほうをじっとながめていました。こうして、窓《まど》のそとにお日《ひ》さまがのぼってくるのを見《み》ますと、おかみさんは、

（ふん、あたしにも、お日《ひ》さまやお月《つき》さまをのぼらせることはできないもんかね。）

と、こんなことを考《かんが》えました。

「おまえさん。」

と、おかみさんはいいながら、漁師《りょうし》のあばら骨《ぼね》をひじでつつきました。

「おきて、ヒラメのとこへいってきとくれ。あたしゃ神《かみ》さまになりたいんだよ。」

漁師《りょうし》はまだねぼけまなこでいましたが、びっくりぎょうてんして、ベッドからころげおちました。そして、じぶんがききちがえたのではないかと思《おも》って、目《め》をこすりこすり、

「ねえ、おまえ、いまなんていったんだい。」

と、たずねました。

「おまえさん。」

と、おかみさんはいいました。

「あたしゃあね、じぶんでお日《ひ》さまやお月《つき》さまをのぼらせることもできないで、お日《ひ》さまやお月《つき》さまがのぼっていくのを、ただぼんやりながめているだけじゃ、どう

にも承知《しょうち》ができないんだよ。じぶんでのぼらせることができないようなら、もう一時間《いちじかん》だっておちついちゃいられないよ。」

こういって、おかみさんはおそろしい顔《かお》をして漁師《りょうし》をにらみつけたものですから、漁師《りょうし》はふるえあがってしまいました。

「さあ、さっさといってきとくれ。あたしゃ神《かみ》さまになりたいんだよ。」

と、おかみさんがいいました。

「なあ、おまえ。」

と、漁師《りょうし》はいって、おかみさんのまえにひざまずきました。

「そんなこたあ、ヒラメにゃできやしないよ。皇帝《こうてい》や法王《ほうおう》にならすることもできるけどさ。おねがいだから、このまま法王《ほうおう》でがまんしていてくれよ。」

それをききますと、おかみさんはものすごく腹《はら》をたてました。髪《かみ》の毛《け》はさかだってぼうぼうになり、胸《むね》ははだけました。そうして、漁師《りょうし》をけとばして、さけびました。

「あたしゃあ、もうがまんできない。もうこれっぱかしもがまんできない。おまえさん、いってくれるかい。」

そこで、漁師《りょうし》はあわててズボンをはいて、気《き》がくるったようにかけだしました。

ところが、おもては、ものすごい嵐《あらし》があれくるってい
ましたので、漁師《りょうし》はほとんど立《た》っていることもできない
くらいでした。
家《いえ》や木《き》ぎはひっくりかえり、山《やま》やまはぐらぐらゆれて、
岩《いわ》はごろごろと海《うみ》のなかにころがりおちました。空《そら》は
まっ黒《くろ》で、かみなりがとどろきわたり、いなびかりがぴ
かぴかひかっていました。海《うみ》は教会《きょうかい》の塔《とう》か山《やま》ぐらいもあ
るまっ黒《くろ》な大波《おおなみ》をもりあげていました。その大波《おおなみ》のひと
つひとつのてっぺんには、白《しろ》いかんむりのようにあわが
わきたっていました。
漁師《りょうし》は大声《おおごえ》をはりあげてどなりましたが、じぶんの声《こえ》

もきこえないくらいでした。
小人《こびと》さん　小人《こびと》さん　きておくれ
ヒラメさん　海《うみ》のヒラメさん
おれの女房《にょうぼ》のイルゼビルが
おれの思《おも》うようにならんのだ
「どうしたんです、おかみさんはなにがほしいっていうんですか。」
と、ヒラメがいいました。
「それがねえ、神《かみ》さまになりたいっていうんだよ。」
「おかえりなさい。おかみさんは、もとのぼろ小屋《ごや》のなかにいますよ。」

と、ヒラメがいいました。
ふたりは、それからずうっと、いまでも、その小屋《こや》のなかにすわっていますよ。

漁師とそのおかみさんの話

【凡例】

・本編「漁師とそのおかみさんの話」は、青空文庫作成の文字データを使用した。
底本：「グリム童話集(1)」偕成社文庫、偕成社
　1980（昭和55）年6月1刷
　2009（平成21）年6月49刷
※表題は底本では、「漁師《りょうし》とそのおかみさんの話」となっている。
入力：sogo
校正：チエコ
2020年10月28日作成
2023年9月6日修正

・文字遣いは、青空文庫のデータによる。
・この作品には、今日からみれば不適切と思われる表現が含まれているが、作品の描かれた時代と、作品本来の価値に鑑み、底本のままとした。
・ルビは、青空文庫のものに加えて、新字新仮名のルビを付し、総ルビとした。
・追加したルビには文字遣いの他、読み方など格段の基準は設けていない。

マリアの子《こ》ども

ある大《おお》きな森《もり》のまえに、ひとりの木《き》こりが、おかみさんといっしょに住《す》んでいました。子《こ》どもは、三《みっ》つになる女《おんな》の子《こ》がたったひとりしかありませんでした。

木《き》こり夫婦《ふうふ》はたいへん貧乏《びんぼう》で、その日《ひ》その日《ひ》のパンもなく、子《こ》どもになにを食《た》べさせたらよいか、とほうにくれるほどでした。

ある朝《あさ》、木《き》こりは心配《しんぱい》ごとに胸《むね》をいためながら、森《もり》へしごとにでかけました。木《き》こりが森《もり》のなかで木《き》を切《き》っていますと、ふいに、背《せ》の高《たか》い美《うつく》しい女《おんな》の人《ひと》が目《め》のまえにあらわれました。みれば、女《おんな》の人《ひと》はぴかぴかかがやく星《ほし》のかんむりを頭《あたま》にいただいています。女《おんな》の人《ひと》は、木《き》こりにむかっていいました。

「あたしは聖母《せいぼ》マリア、幼子《おさなご》キリストの母《はは》です。おまえは貧乏《びんぼう》で、その日《ひ》のものにもこまっていますね。あたしのところへおまえの子《こ》どもをつれていらっしゃい。あたしがその子《こ》をつれていって、めんどうをみてあげましょう。」

木《き》こりはいわれたとおり、子《こ》どもをつれてきて、聖母《せいぼ》マリアにわたしました。マリアはその子《こ》をつれて、天国《てんごく》にのぼっていきました。子《こ》どもはたいへんしあわせでした。さとうのはいったパンを食《た》べたり、あまいミルクをのんだりしました。そして、金《きん》の着物《きもの》をきて、かわいい天使《てんし》たちといっしょにあそびました。

やがて、この子《こ》が十四《じゅうし》になったときのことです。ある日《ひ》、聖母《せいぼ》マリアがこの子《こ》をよびよせて、いいました。

「あのね、あたしはこれから長《なが》い旅《たび》にでます。それで、おまえにこの天国《てんごく》の十三《じゅうさん》の扉《とびら》のかぎをあずけておきます。このうちの十二《じゅうに》の扉《とびら》はあけて、なかにあるりっぱなものを見《み》てもいいんですよ。でも、十三《じゅうさん》ばんめの扉《とびら》は、この小《ちい》さなかぎで、あくことはあきますけど、でもあけてはいけません。ようく注意《ちゅうい》して、あけないようにするんですよ。さもないと、おまえはふしあわせになりますからね。」

女《おんな》の子《こ》は、きっといいつけをまもります、と約束《やくそく》しました。

やがて、聖母《せいぼ》マリアが旅《たび》にでてしまいますと、女《おんな》の子《こ》は天国《てんごく》の住《す》まいの見物《けんぶつ》をはじめました。まい日《にち》ひとつずつ扉《とびら》をあけているうちに、いつのまにか、十二《じゅうに》ばんめの住《す》まいまですっかり見《み》てしまいました。

どの住《す》まいにも（1）使徒《しと》がひとりずついて、大《おお》きなみ光《ひかり》につつまれていました。女《おんな》の子《こ》は、ひかりかがやくあたりのすばらしいようすを見《み》て、大《おお》よろこびでした。かわいい天使《てんし》たちも、いつも女《おんな》の子《こ》のあとについていって、女《おんな》の子《こ》といっしょに、うれしがっていました。

こうして、あとには、いよいよ、あけてはいけないといわれている扉《とびら》が、ひとつのこっているだけになりました。女《おんな》の子《こ》は、そこになにがかくされているのか、知《し》りたくてなりません。それで、小《ちい》さい天使《てんし》たちにむかっていいました。

「あたし、みんなはあけないし、それに、なかへはいったりもしないわ。ただ、そっとあけて、ちょっとすきまからのぞいてみたいの。」

「まあ、いけないわ。」

と、小《ちい》さな天使《てんし》たちはいいました。

「それはよくないことよ。だって、聖母《せいぼ》マリアさまがそんなことをしてはいけないっておっしゃったんですもの。それに、あなたはふしあわせなめにおあいになるかもしれなくってよ。」

そういわれて、女《おんな》の子《こ》はだまっていましたが、心《こころ》のなかの見《み》たいという気《き》持《も》ちだけは、すこしもかわりませんでした。それどころか、もういっときもおちついていることができないほど、見《み》たくて見《み》たくてたまらなくなっていたのです。

あるとき、小《ちい》さな天使《てんし》たちがみんなでかけてしまったあとで、女《おんな》の子《こ》は、

（いまならあたしひとりだから、のぞいて見《み》たってかまやしない。あたしが見《み》たってことは、だれにもわかりゃしないんだもの。）

と、考《かんが》えました。

女《おんな》の子《こ》はその扉《とびら》のかぎをえらびだしますと、それを手《て》にとって、錠《じょう》にさしました。そして、さしこんだかぎをぐっとまわしました。すると、扉《とびら》がぱっとあきました。とたんに、(2)三位一体《さんみいったい》の神《かみ》さまの、火《ひ》とみ光《ひかり》につつまれているすがたが、女《おんな》の子《こ》の目《め》にうつりました。

女《おんな》の子《こ》はびっくりして、しばらくのあいだは、ぼんやりつっ立《た》ったまま、ながめていました。けれども、やがて、その光《ひかり》に指《ゆび》をちょっとふれてみました。すると、そのみ指《ゆび》がすっかり金色《きんいろ》になってしまいました。と、きゅうに、女《おんな》の子《こ》は、なんだかとってもこわくなって、扉《とびら》をかたくしめるがはやいか、あわててにげだしました。

ところが、それからというものは、女《おんな》の子《こ》はどんなことをしてみても、なんとなくこわくてたまらないのです。胸《むね》はしょっちゅうどきどきしていて、ちっともしずまることがありません。それに、指《ゆび》さきについた金色《きんいろ》は、どんなにあらってみても、こすってみても、さっぱりおちないのです。

それからまもなくして、聖母《せいぼ》マリアは旅《たび》からかえってきました。マリアは女《おんな》の子《こ》をよんで、天国《てんごく》のかぎをかえすようにいいました。女《おんな》の子《こ》がかぎたばをさしだしますと、マリアは女《おんな》の子《こ》の目《め》をじっと見《み》つめて、いいました。

「十三《じゅうさん》ばんめの扉《とびら》はあけなかったでしょうね。」

「はい。」

と、女《おんな》の子《こ》はこたえました。

マリアが女《おんな》の子《こ》の胸《むね》に手《て》をあててみますと、心臓《しんぞう》がどきどきうっています。それで、マリアには、女《おんな》の子《こ》がいいつけをやぶって、扉《とびら》をあけたことが、わかりました。

そこでもういちど、マリアは、

「きっとあけなかったのね。」

と、いいました。

「はい。」

と、女《おんな》の子《こ》ももういちどこたえました。

そのとき、マリアは、天国《てんごく》の光《ひかり》にさわったため金色《きんいろ》になっている女《おんな》の子《こ》の指《ゆび》さきを見《み》て、やっぱりこの子《こ》がいいつけをまもらなかったことを、はっきりと知《し》りました。

そこで、さらにもういちど、

「ほんとうにあけなかったのね。」

と、念《ねん》をおしました。

「はい。」

と、女《おんな》の子《こ》は三度《さんど》めもこたえました。

すると、マリアは、

「おまえは、あたしのいいつけをきかなかったばかりか、うそまでもいいましたね。おまえは、もう天国《てんごく》にいる資格《しかく》がありません。」

と、いいました。

それから、女《おんな》の子《こ》はぐっすりねむりました。ところが目《め》がさめてみますと、どうでしょう。いつのまにかじぶんは下界《げかい》におりて、荒《あ》れ野《の》のまんまんなかにねているではありませんか。

女《おんな》の子《こ》は大声《おおごえ》をあげてさけぼうとしましたが、どうしたものか、うんともすんともいうことができません。女《おんな》の子《こ》ははねおきて、かけだそうとしました。ところが、どっちをむいても、いちめんにイバラがおいしげっていて、ゆくてをさえぎっているではありませんか。これでは、とてもつきぬけることはできません。

女《おんな》の子《こ》がとじこめられてしまったこの荒《あ》れ野《の》には、う・ろ・のある一本《いっぽん》の古《ふる》い木《き》がありました。女《おんな》の子《こ》は、ここをすみかにするよりほかしかたがありません。夜《よる》になると、そのなかにもぐりこんで、ねむりました。それから、嵐《あらし》や雨《あめ》のときには、このなかにかくれていました。といっても、これはみじめなくらしでした。ですから、天国《てんごく》のたのしかったことや、かわいらしい天使《てんし》たちとあそんだことを思《おも》いだしますと、そのたびに、女《おんな》の子《こ》はさめざめと泣《な》くのでした。

食《た》べものといえば、木《き》の根《ね》や草《くさ》の実《み》があるばかりです。女《おんな》の子《こ》はそれを、歩《ある》けるだけ遠《とお》くまで歩《ある》いていっては、さがしまわりました。秋《あき》には地面《じめん》におちたクルミや木《こ》の葉《は》をあつめて、うろのなかにはこびこみました。クルミは冬《ふゆ》のあいだの食《た》べものなのです。

やがて、雪《ゆき》と氷《こおり》にとざされるようになりますと、女《おんな》の子《こ》はあわれなけもののみたいに、木《こ》の葉《は》のあいだにもぐりこんで、ここえないようにしました。そのうちに、きている着物《きもの》がぼろぼろになって、すこしずつからだからちぎれおちました。

やがてまた、お日《ひ》さまがあたたかにてりはじめますと、女《おんな》の子《こ》はすぐにそとへでて、その木《き》のまえにすわりました。長《なが》い髪《かみ》の毛《け》は、女《おんな》の子《こ》のからだを、マントのように、すっぽりとくるんでいました。

こうして、一年《いちねん》また一年《いちねん》とたっていきました。女《おんな》の子《こ》は世《よ》のなかのつらさ、なさけなさを、しみじみとあじわいました。

木《き》ぎが、ふたたびみずみずしい若葉《わかば》をつけはじめたころのことでした。あるとき、この国《くに》の王《おう》さまが、森《もり》で狩《か》りをして、シカを追《お》っていきました。ところが、シカは森《もり》をかこんでいるやぶのなかににげこんでしまいました。そこで、王《おう》さまは馬《うま》からおりて、しげみをおしわけ、つるぎで道《みち》をきりひらいてすすんでいきました。

こうして、やっとのことでそこをつきぬけていきますと、あの木《き》の下《した》に、目《め》もさめるような美《うつく》しいむすめがすわっているではありませんか。むすめはからだじゅう足《あし》のつまさきまで、金色《きんいろ》の髪《かみ》の毛《け》ですっかりつつまれています。王《おう》さまはじっと立《た》ちどまって、びっくりしてむすめの顔《かお》を見《み》つめていましたが、やがてむすめに話《はな》しかけ

て、

「おまえはだれだね。どうしてこんな荒《あ》れ野《の》のなかにいるのだね。」

と、たずねました。

けれども、むすめはなんにもへんじをしませんでした。だって、口《くち》をひらくことができないのですもの。王《おう》さまはなおもことばをつづけて、

「わしといっしょに城《しろ》へこないかね。」

と、いいました。

するとむすめは、ほんのちょっとうなずいてみせました。

そこで、王《おう》さまはむすめをだきあげて、じぶんの馬《うま》にのせ、お城《しろ》へむかって馬《うま》をすすませていきました。お城《しろ》へかえりますと、むすめは王《おう》さまから美《うつく》しい着物《きもの》をはじめ、いろんなものをたくさんいただきました。むすめは口《くち》こそきくことはできませんでしたが、たいそう美《うつく》しくて、かわいらしいので、王《おう》さまは心《こころ》のそこからこのむすめがすきになりました。そしてまもなく、むすめと婚礼《こんれい》の式《しき》をあげました。

一年《いちねん》ばかりたったとき、お妃《きさき》さまは男《おとこ》の子《こ》を生《う》みました。ある晩《ばん》のこと、お妃《きさき》さまがひとりで寝床《ねどこ》にねていますと、聖母《せいぼ》マリアがすがたをあらわして、こういいました。

「おまえがほんとうのことをいって、いけないといわれていた扉《とびら》をあけたことを白状《はくじょう》すれば、おまえの口《くち》がひらいて、もとのように話《はな》すことができるようにしてあげましょう。でも、おまえが罪《つみ》をあらためないで、いつまでもがんこにうそをいいはるのなら、この赤《あか》ちゃんをつれていってしまいますよ。」

このとき、お妃《きさき》さまはへんじをするために、口《くち》をきくことができるようになりました。けれども、あいかわらず強情《ごうじょう》をはって、

「いいえ、いけないといわれた扉《とびら》はあけはいたしませんでした。」

と、こたえました。

すると、聖母《せいぼ》マリアは、生《う》まれたばかりの赤《あか》ちゃんをお妃《きさき》さまの腕《うで》からとって、子《こ》どもといっしょにきえてしまいました。

あくる朝《あさ》、赤《あか》ちゃんのすがたがどこにも見《み》えませんので、だれいうとなく、お妃《きさき》さまは人食《ひとく》い鬼《おに》だ、じぶんの子《こ》どもを殺《ころ》してしまったのだ、といううわさをしはじめました。お妃《きさき》さまもそれをのこらずききましたが、といって、それに反対《はんたい》することもできません。もっとも王《おう》さまは、お妃《きさき》さまが心《こころ》からすきでしたので、そんなことばには耳《みみ》をもかそうとはしませんでした。

一年《いちねん》たって、お妃《きさき》さまはまた男《おとこ》の子《こ》を生《う》みました。その晩《ばん》、聖母《せいぼ》マリアがまたもお妃《きさき》さまのところへあらわれて、いいました。

「おまえが、いけないといわれていた扉《とびら》をあけたことを白状《はくじょう》すれば、赤《あか》ちゃんもかえしてあげますし、舌《した》ももうごくようにしてあげましょう。けれども、おまえが罪《つみ》をくいあらためないで、あいかわらずうそをいいはるのなら、この赤《あか》ちゃんもつれていってしまいますよ。」

ところが、お妃《きさき》さまはこんども、

「いいえ、とめられておりました扉《とびら》は、あけはいたしませんでした。」

と、いいました。

すると、マリアはお妃《きさき》さまの腕《うで》から赤《あか》ちゃんをとって、天国《てんごく》へつれていってしまいました。

あくる朝《あさ》、またまた赤《あか》ちゃんのすがたが見《み》えませんので、みんなは、お妃《きさき》さまがのんでしまったのだと、大声《おおごえ》にいいたてました。王《おう》さまのご相談役《そうだんやく》の人《ひと》たちは、お妃《きさき》さまを裁判《さいばん》にかけるように、と、もうしたてました。

けれども、王《おう》さまはお妃《きさき》さまがかわいくてなりませんので、そんなことは頭《あたま》から信用《しんよう》しようとはしませんでした。そして、ご相談役《そうだんやく》の人《ひと》たちに、こんご二度《にど》とそんなことをもうすと、死刑《しけい》にいたすぞ、ときびしくいいわたしました。

そのつぎの年《とし》、お妃《きさき》さまは美《うつく》しい女《おんな》の子《こ》を生《う》みました。と、その晩《ばん》、またしても聖母《せいぼ》マリアがあらわれて、

「あたしのあとについておいで。」

と、いいました。

マリアはお妃《きさき》さまの手《て》をとって、天国《てんごく》につれていき、お妃《きさき》さまに上《うえ》のふたりの子《こ》どもを見《み》せてやりました。ふたりは、地球《ちきゅう》をおもちゃにしてあそんでいましたが、お妃《きさき》さまを見《み》ると、にっこりわらいました。お妃《きさき》さまがそのすがたを見《み》てよろこんでおりますと、聖母《せいぼ》マリアがいいました。

「おまえの心《こころ》は、まだとけないの。おまえが、いけないといわれていた扉《とびら》をあけたと白状《はくじょう》しさえすれば、ふたりのぼうやはかえしてあげるんですよ。」

ところがお妃《きさき》さまは、

「いいえ、いけないといわれておりました扉《とびら》は、あけはいたしませんでした。」

と、三度《さんど》めもこたえてしまいました。

そこでマリアは、お妃《きさき》さまをふたたび地上《ちじょう》におろして、三《さん》ばんめの赤《あか》ちゃんもとりあげてしまったのです。

あくる朝《あさ》になって、このことが知《し》れわたりますと、だれもかれもが、

「お妃《きさき》さまは人食《ひとく》い鬼《おに》だ。裁判《さいばん》にかけろ。」

と、口《くち》ぐちにさけびたてました。

こうなっては、さすがの王《おう》さまも、もうご相談役《そうだんやく》の人《ひと》たちをはねつけるわけにはいきません。こうして、裁判《さいばん》がひらかれました。しかし、お妃《きさき》さまはへんじをすることもできませんし、いいわけをすることもできません。そこで、とうとう、火《ひ》あぶりの刑《けい》にきまってしまいました。

そこで、まきがはこびこまれました。いよいよ、お妃《きさき》さまは柱《はしら》にしばりつけられました。やがて、そのまわりじゅうに火《ひ》がもえだしました。そのとき、お妃《きさき》さまの胸《むね》

のなかにすくっていた思《おも》いあがりのあつい氷《こおり》がとけて、お妃《きさき》さまは心《こころ》のそこから後悔《こうかい》しました。そして、

（せめて死《し》ぬまえに、あたしが扉《とびら》をあけましたと白状《はくじょう》することができたら、どんなにうれしいかしれない。）

と、思《おも》いました。

すると、きゅうに声《こえ》がでるようになりました。お妃《きさき》さまは大声《おおごえ》にさけびました。

「ああ、マリアさま、あたしが扉《とびら》をあけました。」

と、どうでしょう、そのとたんに、雨《あめ》がざあざあふりだして、たちまちほのおをけしてしまったではありませんか。お妃《きさき》さまの頭《あたま》の上《うえ》に、ひとすじの光《ひかり》がさしたかと

思《おも》うと、聖母《せいぼ》マリアが地上《ちじょう》におりてきました。マリアは、ふたりの男《おとこ》の子《こ》を両《りょう》わきにつれ、生《う》まれたばかりの赤《あか》ちゃんを腕《うで》にだいていています。マリアはお妃《きさき》さまにむかってやさしく、

「じぶんの罪《つみ》をくいて懺悔《ざんげ》をするものは、ゆるされるのですよ。」

と、いいながら、三人《さんにん》の子《こ》どもをわたして、お妃《きさき》さまの舌《した》をうごくようにしてくれました。しかもそればかりか、お妃《きさき》さまに一生《いっしょう》のしあわせをもさずけてくださったのです。

（１）使徒《しと》というのは、イエス＝キリストが教《おし》えをひろめるために えらんだ十二人《じゅうににん》の弟子《でし》のことです。

（２）三位一体《さんみいったい》というのは、キリスト教《きょう》で、父《ちち》である天《てん》の神《かみ》と、子《こ》であるキリストと、聖霊《せいれい》の三《みっ》つはもともと一体《いったい》であるという教理《きょうり》です。

【凡例】

・本編「マリアの子ども」は、青空文庫作成の文字データを使用した。
底本：「グリム童話集(1)」偕成社文庫、偕成社
　　１９８０（昭和55）年６月１刷
　　２００９（平成21）年６月49刷
入力：sogo
校正：チエコ
２０１９年８月30日作成
・文字遣いは、青空文庫のデータによる。
・この作品には、今日からみれば不適切と思われる表現が含まれているが、作品の描かれた時代と、作品本来の価値に鑑み、底本のままとした。
・ルビは、青空文庫のものに加えて、新字新仮名のルビを付し、総ルビとした。
・追加したルビには文字遣いの他、読み方など格段の基準は設けていない。

こわいことを知《し》りたくて旅《たび》にでかけた男《おとこ》の話《はなし》

あるおとうさんが、ふたりのむすこをもっていました。にいさんのほうはりこうで、頭《あたま》がよくて、なんでもじょうずにやってのけました。ところが、弟《おとうと》のほうときたら、まぬけで、なんにもわからないし、なにひとつおぼえることもできないというありさまでした。ですから、弟《おとうと》の顔《かお》を見《み》るたびに、だれもかれもこういうのでした。

「こういうむすこがいたんじゃ、おやじさんはいつまでたってもたいへんだなあ！」

こんなわけですから、なにかすることのあるときには、いつもきまって、にいさんがやらされました。けれども、ときには、おそくなってからとか、どうかすると夜中《よなか》などに、なにかとってきてくれと、おとうさんからいいつかることもあります。そんなとき、墓地《ぼち》とか、あるいはどこかおそろしい場所《ばしょ》をとおっていかなければならないようなばあいには、にいさんはいつもこうこたえました。

「いやだ、いやだ、おとうさん。そんなところへはいかないよ。ぞっとする。」

なぜって、にいさんはこわくてたまらなかったのです。

また、夜《よる》など、炉《ろ》ばたで身《み》の毛《け》のよだつような話《はなし》がでますと、きいているものは「うわあ、ぞっとする」と、よくいいます。

弟《おとうと》はすみっこにすわって、じぶんもその話《はなし》をきいているのですが、それがなんのことやら、さっぱり見当《けんとう》がつきません。

「みんな、しょっちゅう、ぞっとする、ぞっとするっていってるが、おれはちっともぞっとなんかしやしねえ。こいつは、きっと、おれにはわからねえことなんだろう。」

さて、あるときのこと、おとうさんが弟《おとうと》にむかってこんなことをいいました。

「おい、そのすみっこにひっこんでいる小僧《こぞう》、おまえは、もうそのとおり大《おお》きく、がっしりした男《おとこ》になった。おまえもなにかひとつ、ならいおぼえて、じぶんでくっていくようにしなくちゃいかん。みろ、にいさんはいっしょうけんめいやってるのに、おまえときたら、まるではしにも棒《ぼう》にもかからん。」

「うん、おとうさん、おれもなにかおぼえたいよ。そうだ、もしできたら、ぞっとするってことをおぼえたいな。そいつは、おれにはちっともわからねえもの。」

にいさんはこれをきいて、わらいだしましたが、心《こころ》のなかでひそかに思《おも》いました。

(ああ、ああ、弟《おとうと》のやつは、なんて大《おお》ばかなんだ。あれじゃ、一生《いっしょう》かかったって、ものになりゃしない。三《み》つ児《ご》の魂《たましい》百《ひゃく》までっていうからなあ。）

おとうさんは、ため息《いき》をついていいました。

「ぞっとするか、そいつをおぼえるのもいいだろう。だがそんなことをおぼえたって、それではくっちゃいけないぞ。」

それからまもなく、お寺《てら》の役僧《やくそう》がこのうちへたずねてきました。そこでおとうさんは、じぶんの心配《しんぱい》を、この役僧《やくそう》に話《はな》して、弟《おとうと》むすこはなにをやらせてもだめで、なんにもわからないし、なにひとつ、ならいおぼえることもできないといいました。

「まあ、あなた、考《かんが》えてもみてください。わたしが、なにをやってくってくいくつもりだとききますとね、どうでしょう、ぞっとすることをおぼえたいなんて、とんでもないことをぬかすんですよ。」

「それだけのことなら、わたしのところでおぼえられますよ。」

と、役僧《やくそう》はこたえていいました。

「まあ、そのむすこさんをわたしのところへよこしてごらんなさい。きっと、しこんであげますよ。」

おとうさんは、あの小僧《こぞう》も、ちっとはしこんでもらえるかなと、考《かんが》えましたので、すぐ役僧《やくそう》にたのむことにしました。

こういうわけで、役僧《やくそう》はむすこをうちにつれていきました。むすこはそこで鐘《かね》つきをすることになりました。

それから二《に》、三日《さんにち》たった、ある晩《ばん》のことです。ま夜中《よなか》ごろ、とつぜん役僧《やくそう》がむすこをおこしました。そして、すぐに寝床《ねどこ》からおきて、塔《とう》にのぼって、鐘《かね》をついてこい、といいつけました。

（ぞっとするっていうのがどんなことか、きっとおぼえさせてやる。）

役僧《やくそう》はこう考《かんが》えて、じぶんはむすこよりもひと足《あし》さきに、こっそりでかけました。

むすこが塔《とう》にのぼって、くるりとむきなおって、いざ鐘《かね》のつなをにぎろうとしたときです。ふと見《み》ますと、ひびき穴《あな》にむかいあった階段《かいだん》の上《うえ》に、なにやら白《しろ》いものが立《た》っているではありませんか。

「そこにいるのはだれだ。」

と、むすこがさけびました。けれども、その白《しろ》いものはうんともすんともいわず、身動《みうご》きひとつしません。

「へんじをしろ。」

と、むすこがまたもやどなりました。

「さもなきゃ、きえてうせろ。この夜中《よなか》に、こんなところに用《よう》はないはずだ。」

けれども役僧《やくそう》は、若者《わかもの》におばけだと思《おも》いこませようと思《おも》って、なおも身動《みうご》きひとつせず、じっと立《た》っていました。それを見《み》て、若者《わかもの》はまたまたどなりました。

「きさま、ここでなにをしようってんだ。まともな人間《にんげん》なら、口《くち》をきけ。さもなきゃ、階段《かいだん》からつきおとすぞ。」

しかし役僧《やくそう》は、なあに、口《くち》さきだけで、そんなことはできまい、と考《かんが》えて、あいかわらずだまりこくったまま、まるで石《いし》ででもできているように、つっ立《た》っていました。若者《わかもの》はもういっぺんどなりつけました。しかし、それでもなんのききめもありません。そこで、こんどはいきおいよくおばけにおどりかかって、おばけを階段《かいだん》からつきおとしてしまいました。おばけは十段《じゅうだん》ばかりころがりおちて、すみっこにのびたまま、うごかなくなってしまいました。

それから、若者《わかもの》は鐘《かね》をついて、役僧《やくそう》のうちにかえりました。そして、なんにもいわずに、さっさと寝床《ねどこ》にもぐりこんで、またねむってしまいました。

役僧《やくそう》のおかみさんは、ご主人《しゅじん》のかえりを長《なが》いこと待《ま》っていましたが、いつまでたっても、ご主人《しゅじん》はもどってきません。それで、とうとう心配《しんぱい》になって、若者《わかもの》をおこして、ききてみました。

「あんた、うちのひとがどこにいるか知《し》らない？　あんたよりもさきに、塔《とう》にのぼったんだけどね。」

「知《し》りませんねえ。」

と、若者《わかもの》はこたえました。

「だけど、あそこのひびき穴《あな》のむかいがわの階段《かいだん》の上《うえ》に、だれだか立《た》っていましたよ。おれがいくらよんでもへんじもしないし、おりていこうともしないから、おれはどろぼうかなんかだと思《おも》って、つきおとしてやりましたよ。まあ、いってごらんなさい。そうすりゃ、坊《ぼう》さんかどうかわかりますからね。もし坊《ぼう》さんだったとすりゃ、気《き》のどくなことをしたなあ。」

いわれて、おかみさんがとんでいってみますと、やっぱりご主人《しゅじん》です。役僧《やくそう》は、すみっこにへたばって、うんうんなっていました。むりもありません。かたっぽうの足《あし》の骨《ほね》がおれてしまったのですからね。

おかみさんは役僧《やくそう》をかつぎおろしますと、すぐその足《あし》で、若者《わかもの》のおとうさんのところへどなりこみました。

「おまえさんとこのむすこはね。」

と、おかみさんはわめきたてました。

「えらいことをしでかしてくれたよ。うちのひとを階段《かいだん》からつきおとしてさ、おかげでうちのひとは、かたっぽうの足《あし》をおっちまったんだよ。あんなろくでなしは、さっさとうちからつれてっとくれ。」

おとうさんはびっくりぎょうてんして、すぐさまとんでいって、むすこをしかりとばしました。

「なんてえばちあたりのいたずらをするんだ。おまえは悪魔《あくま》にでもとっつかれたにちがいない。」

「おとうさん、まあ、きいとくれよ。」

と、むすこがいいました。

「おれはちっともわるかあないんだぜ。坊《ぼう》さんたら、まるでわるだくみでもするやつみたいに、ま夜中《よなか》にそんなところにつっ立《た》ってたんだ。おりゃあ、だれだかわからねえから、三《さん》べんも注意《ちゅうい》してやって、口《くち》をきくなり、おりてくなりしろっていったんだもの。」

「ああ、おまえのおかげで、おれはとんでもないめにばかりあっている。おまえはどこかへいっちまってくれ。おまえの顔《かお》なんかもう二《に》度《ど》と見《み》たくない。」

と、おとうさんがいいました。

「いや、おとうさん、そいつはありがたいよ。だけど、夜《よ》のあけるまで待《ま》っておくれ。夜《よ》があけたら、どこかへでかけていって、ぞっとするってやつをおぼえてくるよ。そうすりゃ、おれもそいつでめしをくってくことができるってもんだ。」

「なんでもおまえのすきなことをならうがいい。」

と、おとうさんはいいました。

「わしにとっちゃ、なんだっておんなじことだ。それ、この五十《ごじゅう》ターレルをおまえにやる。これをもって、ひろい世《よ》のなかへでていくがいい。だが、生《う》まれ故郷《こきょう》やおやじの名《な》まえを口《くち》にするんじゃないぞ。わしがはじをかくことになるからな。」

「わかったよ、おとうさん、だいじょうぶ、それくらいのことなら、よく気《き》をつけてわすれねえようにするよ。」

やがて、夜《よ》があけますと、若者《わかもの》は五十《ごじゅう》ターレルをポケットにつっこんで、大通《おおどお》りにでていきました。そして、歩《ある》きながら、ひっきりなしに、

「ああ、ぞっとしたいもんだ。ぞっとしたいもんだ。」

と、ひとりごとをいっていました。

そこへ、ひとりの男《おとこ》がやってきました。男《おとこ》は、若者《わかもの》がひとりでしゃべっていることばを耳《みみ》にしました。それから、こんどは、ふたりでしばらく歩《ある》いていきますと、むこうに首《くび》つり台《だい》が見《み》えてきました。すると、男《おとこ》は若者《わかもの》にいいました。

「おまえさん、ほら、あそこに木《き》があるだろう。あそこで、七人《しちにん》の男《おとこ》が（1）なわ屋《や》のむすめと結婚《けっこん》したとこなんだ。やっこさんたち、いまはブランブランとぶけいこをしているのさ。おまえさん、あの下《した》にすわって、夜《よる》まで待《ま》っていてみな。きっと、ぞっとするってことがおぼえられるだろうよ。」

「たったそれっくらいのことなら――」

と、若者《わかもの》はこたえました。

「なんでもねえや。だが、ぞっとするってことが、そんなにあっさりとおぼえられるんなら、このおれのもってる五十《ごじゅう》ターレルはおまえさんにやるよ。まあ、あしたの朝《あさ》、もういちどおれんとこへきな。」

そこで若者《わかもの》は、首《くび》つり台《だい》のところへいき、その下《した》にすわって、夜《よる》まで待《ま》っていました。からだはこごえそうに寒《さむ》くてたまりません。そこで、若者《わかもの》はたき火《び》をはじめました。けれども、ま夜中《よなか》ごろには、風《かぜ》がばかにつめたくなってきて、いくら火《ひ》をたいても、ちっともあたたかくなりませんでした。風《かぜ》にふかれて、首《くび》つり台《だい》にぶらさがっている死《し》がいが、たがいにぶっつかりあっては、ユラリユラリとゆれました。それを見《み》て、若者《わかもの》は、

（おれなんか、このたき火《び》のそばにいても寒《さむ》いんだ。あんな高《たか》いところにいるやつらは、さぞ寒《さむ》くて、がたがたふるえているだろうなあ。）

と、思《おも》いました。

若者《わかもの》は、もともと思《おも》いやりぶかいたちでしたので、さっそくはしごをかけて、のぼっていきました。そして、ひ

とりずつじゅんじゅんにつなをほどいて、七人《しちにん》の男《おとこ》をみんな下《した》におろしてやりました。それから、火《ひ》をかきたてては、プウプウふいて、からだがよくあたたまるように、みんなを火《ひ》のまわりにすわらせてやりました。ところが、みんなはすわったきり、身動《みうご》きひとつしません。そのうちに、着物《きもの》には火《ひ》がついてしまいました。それを見《み》て、若者《わかもの》は、

「気《き》をつけろよ。でないと、もういちど上《うえ》へぶらさげるぞ。」

と、いいました。

ところが、死人《しにん》は耳《みみ》がきこえません。うんともすんと

もいわず、ぼろ着物《きもの》はもえほうだいです。若者《わかもの》はぷんぷん腹《はら》をたてて、いいました。

「おまえたちがじぶんで気《き》をつける気《き》がないんなら、たすけてやることはできねえよ。おれは、おまえたちのおつきあいで焼《や》け死《し》ぬのはごめんだぜ。」

そこで若者《わかもの》は、死人《しにん》どもを、またもとのようにじゅんじゅんにつるしあげました。それから、たき火《び》のそばにすわって、ぐうぐうねこんでしまいました。

あくる朝《あさ》になりますと、きのうの男《おとこ》がやってきて、五十《ごじゅう》ターレルをもらうつもりで、こういいました。

「どうだい、ぞっとするってのは、どんなことだかわかったかい?」

「とんでもねえ。」

と、若者《わかもの》はこたえていいました。

「いったい、どうしたらそいつがわかるんだろうなあ。あそこにぶらさがってるやつらは、口《くち》をききもしねえし、それに、とんでもねえあほうときてやがる。なんしろ、じぶんのきているぼろ着物《きもの》がもえたって、そのままほっとくんだからなあ。」

相手《あいて》の男《おとこ》も、このようすでは、とてもきょうは五十《ごじゅう》ターレルをもらえそうもないとみてとって、そのままいってしまいました。けれども、

「あんなやつには、まだあったことがない。」

と、いいました。

若者《わかもの》もふたたび歩《ある》きだしましたが、またまた、

「ああ、なんとかしてぞっとしたいもんだなあ。ああ、ぞっとしたいもんだ。」

と、ひとりごとをいいはじめました。これを、若者《わかもの》のうしろから荷馬車《にばしゃ》をひっぱってきた運送屋《うんそうや》が耳《みみ》にはさみました。そして、

「おめえさんはだれだい。」

と、たずねました。

「知《し》らねえよ。」

と、若者《わかもの》はこたえました。

「おめえさん、生《う》まれはどこだい。」

と、運送屋《うんそうや》がなおもたずねました。

「知《し》らねえよ。」

「おやじさんは、なんてんだ。」

「そいつあいえねえよ。」

「おめえさん、なにをしょっちゅうぶつぶついってんだ。」

「うん、そいつなんだ。」

と、若者《わかもの》はこたえていいました。

「おれは、ぞっとするってことをおぼえてみてえんだが、だれもおしえてくれねえんだ。」

「ばかなことをぬかすなよ。」

と、運送屋《うんそうや》がいいました。

「さあ、おれといっしょにきな。どっか、いいとこへ世話《せわ》してやるぜ。」

そこで、若者《わかもの》は運送屋《うんそうや》といっしょに歩《ある》いていきました。日《ひ》がくれてから、ふたりはとある宿屋《やどや》につきました。ふたりはここにとまることにしました。若者《わかもの》は、へやへはいろうとして、またもや大声《おおごえ》で、

「ああ、ぞっとしたいもんだ。ぞっとしたいもんだ。」

と、いいました。

宿屋《やどや》の主人《しゅじん》はそれをきいて、わらいながらいいました。

「そんなことがおのぞみなら、ここにゃおあつらえむきのことがありますよ。」

「まあ、だまっといでよ。」

と、そばから宿屋《やどや》のおかみさんが口《くち》をだしました。

「いままでだって、ものずきな人《ひと》たちがずいぶんおおぜい、命《いのち》をうしなってしまったんじゃないか。こんなきれいな目《め》が、二度《にど》と日《ひ》のめをおがめないようにでもなったら、それこそかわいそうだよ。」

ところが、若者《わかもの》はいいました。

「どんなにむずかしいことでも、おれはおぼえてみたいんだ。そのために、こうして旅《たび》にでかけてきたんだから。」

若者《わかもの》はなおも主人《しゅじん》に、話《はな》してくれとせがみました。それで、とうとう主人《しゅじん》は、ここからあまり遠《とお》くないところに魔法《まほう》にかけられているお城《しろ》があって、そこで三日三晩《みっかみばん》、寝《ね》ずの番《ばん》をすれば、ぞっとするというのがどんなことだかわかるでしょう、といいました。そして、さらに話《はなし》をつづけて、寝《ね》ずの番《ばん》をするだけの勇気《ゆうき》のあるものには、王《おう》さまがごじぶんのお姫《ひめ》さまをおよめにくださるというのです。ところが、そのお姫《ひめ》さまというのが、おてんとさまのてらすこの世界《せかい》で、いちばん美《うつく》しいかたなのです。それから、お城《しろ》のなかにはたくさんの宝《たから》ものもあって、それを悪魔《あくま》どもが番《ばん》をしています。けれども、うまく寝《ね》ずの番《ばん》をやりとおせば、その宝《たから》ものも手《て》にはいって、貧乏人《びんぼうにん》でもたちまち大金持《おおがねも》ちになれるのです。いままでにもずいぶんおおぜいの人《ひと》たちがお城《しろ》にはいっていきましたが、まだひとりとしてかえってきたものはありません、と話《はな》してきかせました。

若者《わかもの》は、あくる朝《あさ》、さっそく王《おう》さまのまえにいって、

「もしおゆるしくださいますなら、わたくしはその魔法《まほう》のかけられているお城《しろ》で、三日三晩《みっかみばん》、寝《ね》ずの番《ばん》をいたしとうございます。」

と、もうしました。

王《おう》さまは若者《わかもの》をじっと見《み》つめていましたが、若者《わかもの》が気《き》にいりましたので、こういいました。

「おまえは、なんなりと三《みっ》つのものをねがいでるがよい。それらのものを城《しろ》のなかにもちこむことをゆるす。だが、生《い》きものであってはならぬぞ。」

いわれて、若者《わかもの》はこたえました。

「それでは、火《ひ》と、旋盤《せんばん》と、それから小刀《こがたな》のついた細工台《さいくだい》をおねがいいたします。」

王《おう》さまは、昼《ひる》まのうちに、それらのものをのこらずお城《しろ》のなかにはこびこませておきました。さて、日《ひ》のくれかかったころ、若者《わかもの》はお城《しろ》にでかけていきました。そして、なかのひと間《ま》にはいりこんで、火《ひ》をかんかんおこし、小刀《こがたな》のついた細工台《さいくだい》をそばにおいて、じぶんは旋盤《せんばん》の上《うえ》にこしをおろしました。

「ああ、ぞっとしたいもんだなあ。だが、ここでもやっぱりだめだろう。」

と、若者《わかもの》はいいました。

ま夜中《よなか》ごろ、若者《わかもの》はもういちど火《ひ》をかきたてようと思《おも》いました。そして、火《ひ》をプウプウふいていますと、だしぬけにすみっこのほうから、

「ウウ、ニャオ。おれたちゃ寒《さむ》くてたまらん。」

と、さけんだものがありました。

「ばかだな、おまえたちは。」

と、若者《わかもの》がどなりました。

「なにをいってんだ。寒《さむ》かったら、ここへでてきて、火《ひ》にあたって、あったまったらいいじゃねえか。」

若者《わかもの》がこういいおわったとたん、大《おお》きな黒《くろ》ネコが、ものすごいいきおいで、とびだしてきました。そして、若《わか》者《もの》の両《りょう》わきにすわったかと思《おも》うと、火《ひ》のような目玉《めだま》をぎらぎらさせて、若者《わかもの》の顔《かお》をぎゅっとにらみつけました。

しばらくして、からだがあたたまってきますと、そのネコどもが、

「おい、きょうだい、トランプをやらないか。」

と、さそいかけました。

「やらなくってどうする。」

と、若者《わかもの》がこたえました。

「しかし、そのまえに、ちょいとおまえの足《あし》を見《み》せてくれよ。」

こういわれて、ネコどもは足《あし》のつめをのばして見《み》せました。

「いよう、なんて長《なが》いつめをしているんだ。ちょいと待《ま》ちなよ。まず、こいつを切《き》ってからにしなくっちゃ。」

若者《わかもの》はこういいながら、ネコの首《くび》ったまをつかんで、細工台《さいくだい》の上《うえ》にのせると、四《よ》つ足《あし》をぐっとねじでしめつけてしまいました。

「おまえらの指《ゆび》を見《み》たら、トランプをする気《き》がなくなった。」

若者《わかもの》はこういうがはやいか、ネコどもをたたき殺《ころ》して、おもての水《みず》のなかへほうりこんでしまいました。

こうして、若者《わかもの》が二《に》ひきのネコをかたづけて、ふたたびたき火《び》のそばにもどって、すわろうとしたときです。とつぜん、あっちのすみからも、こっちのすみからも、もえる火《ひ》のくさりにつながれた黒《くろ》ネコや黒犬《くろいぬ》が、とびだしてきました。しかも、その数《かず》はあとからあとからふえるばかりです。とうとうしまいには、若者《わかもの》が身動《みうご》きひとつすることができないほどになってしまいました。そして、そいつらは世《よ》にもおそろしいうなり声《ごえ》をあげて、若《わか》者《もの》のたき火《び》をふみつけ、ふみにじって、その火《ひ》をけそうとするのです。

そのようすを若者《わかもの》はしばらくのあいだじっとながめていましたが、あんまり腹《はら》がたちましたので、いきなり細工刀《さいくがたな》を手《て》にとって、

「とっととうせやがれ、こんちくしょうめら。」

と、さけびながら、そいつらめがけて切《き》ってかかりました。なかにはにげてしまったのもありましたが、のこっ

たやつらはうち殺《ころ》して、おもての池《いけ》のなかにほうりこみました。

それから、若者《わかもの》はたき火《び》のそばにもどってくると、かすかにのこっている火種《ひだね》から火《ひ》をふきおこして、あたまりました。こうして、すわっているうちに、たまらないほどねむくなってきて、もうどうにも目《め》をあいていることができなくなりました。そこで、あたりを見《み》まわしますと、かたすみに大《おお》きなベッドがありました。

「こいつはちょうどいいや。」

若者《わかもの》はこういいながら、そのベッドのなかにもぐりこみました。ところが、目《め》をつぶろうとしたとたん、ベッドがひとりでにうごきだして、お城《しろ》じゅうをぐるぐるまわりはじめました。

「うまいぞ、うまいぞ、もっと走《はし》れ、もっと走《はし》れ。」

と、若者《わかもの》がいいました。

するとベッドは、まるで六頭《ろくとう》の馬《うま》にでもひかれているように、敷居《しきい》をこえ、階段《かいだん》をのぼったりおりたりして、ごろごろとうごきつづけました。そのうちとつぜん、ベッドがくるっとひっくりかえったかと思《おも》うと、いきなり若《わか》者《もの》の上《うえ》に山《やま》のようにのしかかってきました。けれども、若者《わかもの》もまけてはいません、ふとんやまくらをはねとばして、その下《した》からぬけだしました。そうして、

「もう、だれがのるもんか。」

と、いいすてて、こんどはたき火《び》のそばにねころぶと、夜《よ》のあけるまでねむりこんでしまいました。

あくる朝《あさ》、王《おう》さまがやってきました。王《おう》さまは、若者《わかもの》が床《ゆか》の上《うえ》にねているのを見《み》ますと、おばけのために殺《ころ》されてしまったのだろうと思《おも》いました。それで、王《おう》さまは、

「りっぱな男《おとこ》なのに、おしいことをしたものだ。」

と、いいました。

若者《わかもの》はこれをききますと、むっくりおきあがって、

「まだやられちゃおりませんよ。」

と、もうしました。

王《おう》さまはびっくりしましたが、でも心《こころ》のそこからよろこんで、いったいどんなめにあったのだ、とたずねました。

「うまくいきましたよ。」

と、若者《わかもの》はこたえていいました。

「これで、まずひと晩《ばん》はすんだわけですが、あとのふた晩《ばん》もなんとかなるでしょう。」

若者《わかもの》が宿屋《やどや》の主人《しゅじん》のところへかえってきますと、主人《しゅじん》もびっくりして目《め》をまんまるくしました。

「わたしゃ、あんたの生《い》きた顔《かお》を二度《にど》と見《み》ようとは思《おも》いませんでした。」

と、主人《しゅじん》はいいました。

「どうです、ぞっとするってことが、どんなことだかわかりましたかね。」

「だめさ。なにもかもむだだ。ああ、だれかおしえてくれる人《ひと》はないかなあ。」

二日《ふつか》めの晩《ばん》も、若者《わかもの》はその古《ふる》いお城《しろ》にでかけていきました。そして、たき火《び》のそばにすわって、またいつものように、

「ああ、ぞっとしたいもんだ。」

と、口《くち》ぐせになっていることばをいいはじめました。

ま夜中《よなか》ちかくになりますと、ガタガタ、ドンドンとい

うもの音《おと》がしだしました。さいしょのうちはおだやかでしたが、それがだんだんはげしくなるのです。そのうちに、ちょっとしずかになりましたが、さいごにはものすごいさけび声《ごえ》とともに、人間《にんげん》のからだが半分《はんぶん》、えんとつをつきぬけて、若者《わかもの》の目《め》のまえにおちてきました。

「おい。」

と、若者《わかもの》がどなりました。

「もう半分《はんぶん》いるぞ。これじゃたりないじゃないか。」

すると、またもやあたりがさわがしくなって、ドタバタ、ギャアギャアやったあげく、あとの半分《はんぶん》もおちてきました。

「ちょっと待《ま》ってろよ、もうすこし火《ひ》をおこしてやるからな。」

と、若者《わかもの》がいいました。

若者《わかもの》が火《ひ》をふきおこして、ふりかえってみますと、どうでしょう。さっきの半分《はんぶん》ずつのからだが、いつのまにかつながって、おそろしい男《おとこ》が若者《わかもの》の席《せき》にがんばっているではありませんか。

「おい、じょうだんはよせ。そのこしかけはおれのだぞ。」

と、若者《わかもの》はいいました。

すると、その男《おとこ》は若者《わかもの》をつきのけようとしましたが、若者《わかもの》もだまってはいません。しゃにむにその男《おとこ》をおしのけて、またもとの席《せき》にすわりました。と、こんどは、あとからあとから、たくさんの人間《にんげん》がおちてきました。そいつらは死人《しにん》の骨《ほね》を九《ここの》つと、されこうべをふたつもってきて、金《かね》をかけて、九柱戯《きゅうちゅうぎ》（ボーリングににたあそび）をはじめました。若者《わかもの》もやってみたくなって、

「どうだね、おれもいれてくれないかい。」

と、たずねました。

「いいとも、金《かね》があるんならな。」

「金《かね》ならうんともってるぜ。だが、その球《たま》はまんまるくないな。」

と、若者《わかもの》はこたえました。

そうして、若者《わかもの》はされこうべをとって、旋盤《せんばん》にかけ、まるくけずりました。

「さあ、こんどは、ずっとよくころがるぜ。そうれ、うまくいく。」

と、若者《わかもの》はいいました。

それから、若者《わかもの》はその男《おとこ》たちといっしょに九柱戯《きゅうちゅうぎ》をやって、金《かね》をすこしそんしました。ところが、十二時《じゅうにじ》の鐘《かね》がなったとたん、なにもかもが目《め》のまえからきえてなくなってしまいました。そこで若者《わかもの》は、ねころんで、ぐっすりとねむりました。

あくる朝《あさ》、王《おう》さまがやってきて、ようすをきこうとしました。

「こんどは、どんなぐあいだったな。」

と、王《おう》さまがたずねました。

「九柱戯《きゅうちゅうぎ》をやって、銅貨《どうか》を二《ふた》つ三《みっ》つそんしました。」

と、若者《わかもの》はこたえました。

「では、ぞっとしなかったのかね。」

「とんでもない、すっかりゆかいにあそんでしまいましたよ。ぞっとするってのが、どんなことだか知《し》りたいんですがねえ。」

と、若者《わかもの》がいいました。

三日《みっか》めの晩《ばん》も、若者《わかもの》はまた旋盤《せんばん》にこしかけて、いかにも腹《はら》だたしそうに、

「ああ、なんとかしてぞっとしてみたいもんだ。」

と、いいました。

夜《よ》がふけたころ、六人《ろくにん》の大男《おおおとこ》が棺《かん》おけをひとつかつぎこんできました。すると、若者《わかもの》は、

「ははあ、これは、きっと二《に》、三日《さんにち》まえに死《し》んだおれのいとこだな。」

と、いいながら、指《ゆび》であいずして、よびかけました。

「おい、こっちへこいよ、こっちへこいよ。」

大男《おおおとこ》たちは棺《かん》を床《ゆか》におろしました。若者《わかもの》はそのそばへ

いって、ふたをとってみました。すると、なかにはひとりの死人《しにん》がねていました。顔《かお》にさわってみますと、まるで氷《こおり》のようにつめたいのです。

「待《ま》ってなよ、いまちょっとあっためてやるぜ。」

若者《わかもの》はこういうと、火《ひ》のそばへいって、じぶんの手《て》をあたためてから、その手《て》を死人《しにん》の顔《かお》の上《うえ》にのせてやりました。けれども、死人《しにん》はあいかわらずつめたくて、ちっともあたたかくはなりません。そこで、若者《わかもの》は死人《しにん》を棺《かん》からだして、火《ひ》のそばへつれていきました。そして、じぶんがそこにすわって、そのひざに死人《しにん》をのせました。そうして、血《ち》がめぐりだすように、死人《しにん》の両腕《りょううで》をこすっ

てやりました。しかし、それでも、なんのききめもなさそうです。そのとき、ふと、

「ふたりでいっしょに寝床《ねどこ》にねれば、おたがいにあったまるもんだ。」

と、思《おも》いつきましたので、死人《しにん》をベッドのなかにねかして、ふとんをかけてやりました。それから、じぶんもいっしょにならんでベッドのなかにはいりました。しばらくすると、死人《しにん》もあたたまってきて、うごきだしました。

「そうれ、みろよ、あっためてやってよかったろう。」

と、若者《わかもの》はいいました。

ところが、その死人《しにん》がむっくりとおきあがって、

「やい、こんどは、きさまをしめ殺《ころ》してやるぞ。」

と、どなりました。

「なにっ、それがおまえの恩《おん》がえしか。さっさと棺《かん》おけのなかにもどりゃあがれ。」

若者《わかもの》はこういうといっしょに、死人《しにん》をもちあげて、棺《かん》のなかにほうりこみ、ふたをしてしまいました。すると、さっきの六人《ろくにん》の男《おとこ》がでてきて、またその棺《かん》をどこかへはこんでいきました。

「ぞっとしそうもないなあ。」

と、若者《わかもの》はいいました。

「ここにいたんじゃ、一生《いっしょう》かかったって、おぼえられやしない。」

そのとき、またひとりの男《おとこ》がはいってきました。その男《おとこ》はほかのだれよりも大《おお》きくて、みるからにおそろしい顔《かお》つきをしています。もう年《とし》をとっていて、白《しろ》い長《なが》いひげをはやしています。

「おい、小僧《こぞう》、ぞっとするってのがどんなことか、いますぐおれがおしえてやる。きさまの命《いのち》はもらったからな。」

と、その男《おとこ》が大声《おおごえ》にいいました。

「そうあっさりとやられてたまるか。おれだってだまっちゃいねえぞ。」

と、若者《わかもの》がいいました。

「よし、ふんづかまえてくれるぞ。」

と、その怪物《かいぶつ》がいいました。

「おっと、あわてなさんな。そんな大《おお》きな口《くち》をきくんじゃねえよ。おれにだって、おまえぐらいの力《ちから》はあるんだぜ。いや、もっと強《つよ》いかもしれねえ。」

「そのお手《て》なみを見《み》せてもらいたいもんだ。」

と、じいさんがいいました。

「もし、きさまがわしよりも強《つよ》かったら、きさまをゆるしてやる。さあ、こっちへこい、力《ちから》くらべだ。」

じいさんはくらい廊下《ろうか》をいくつもとおって、かじ場《ば》の火《ひ》のそばへ若者《わかもの》をつれていきました。そして、そこにあったおのをにぎって、たったひと打《う》ちでかな・・・・しきを地面《じめん》のなかにめりこませてしまいました。

「そんなことなら、おれのほうがもっとうめえ。」

若者《わかもの》はこういって、べつのかな・・・しきのところへいきました。じいさんは見物《けんぶつ》するつもりで、若者《わかもの》のそばにならんで立《た》っていました。白《しろ》いひげは長《なが》くたれていました。

そのとき、若者《わかもの》はおのをにぎって、ただひと打《う》ちにかな・・・しきをうちわり、じいさんのひげもそのわれめにいっしょにはさみこんでしまいました。

「さあ、どうだ、死《し》ぬのはおまえだぞ。」

と、若者《わかもの》はいいました。

それから、若者《わかもの》は鉄《てつ》の棒《ぼう》をつかんで、めちゃめちゃにじいさんをうちのめしました。さすがのじいさんも、とうとう泣《な》きだして、どうかうつのはもうやめてください、そのかわりお金《かね》をたくさんさしあげますから、としきりにたのみました。

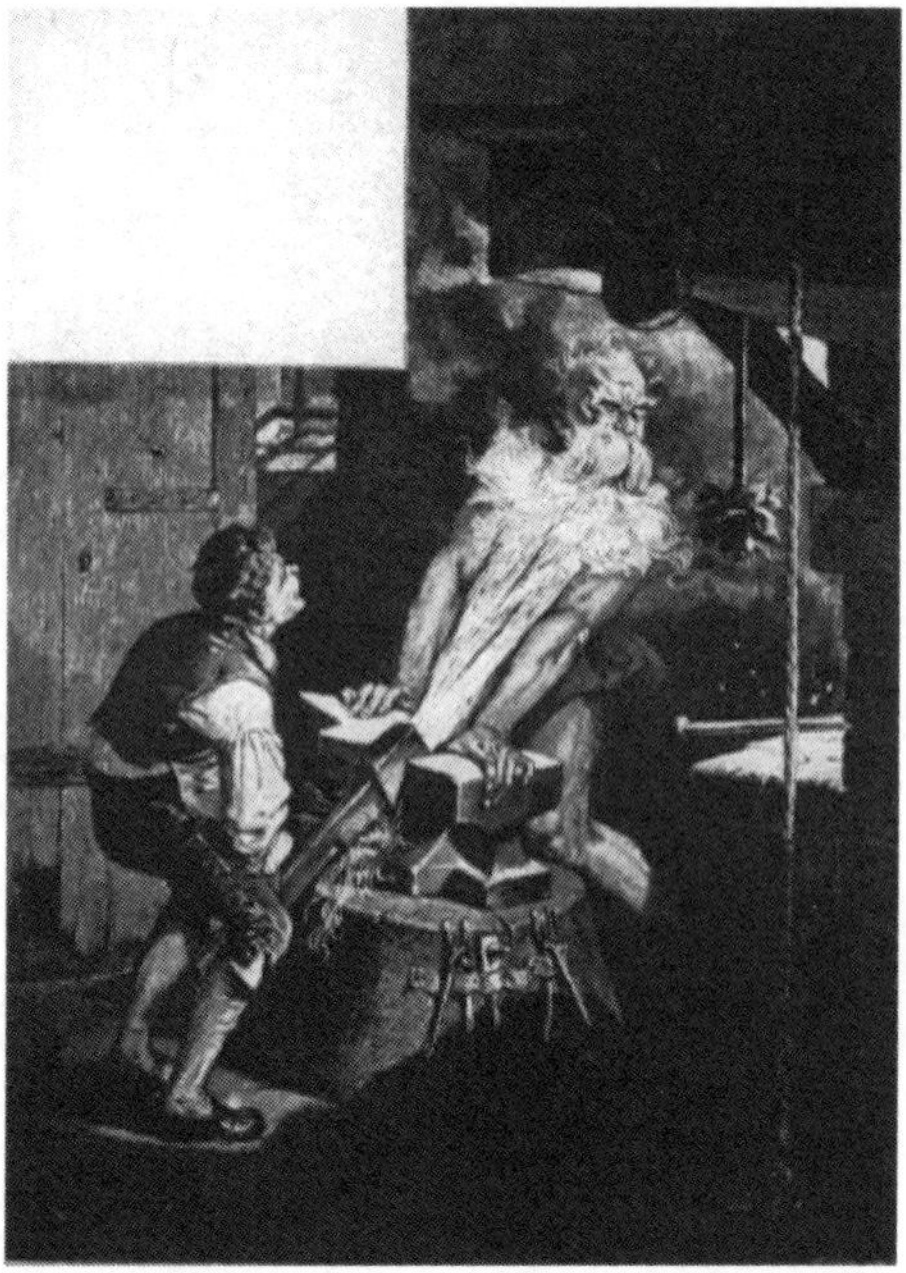

そこで若者《わかもの》はおのをひきぬいて、じいさんをはなしてやりました、すると、じいさんは若者《わかもの》をつれて、またもと

のお城《しろ》にもどり、地下室《ちかしつ》にはいって、金貨《きんか》のぎっしりつまった三《みっ》つの箱《はこ》を見《み》せました。そして、

「このうちのひとつは貧乏人《びんぼうにん》に、もうひとつは王《おう》さまにあげますが、あとのひとつはあなたのものです。」

と、いいました。

そうこうしているうちに、十二時《じゅうにじ》の鐘《かね》がなりました。と、そのとたんに、ばけもののすがたがきえうせてしまい、若者《わかもの》はまっくらやみのなかに、ただひとりとりのこされました。

「なんとかぬけだせそうだぞ。」

若者《わかもの》はこういって、手《て》さぐりしはじめました。そのう

ちに、ようやく道《みち》を見《み》つけだしました。それから、もとのへやにもどって、またたき火《び》のそばでねむりこんでしまいました。

つぎの朝《あさ》になりますと、王《おう》さまがやってきて、

「ぞっとするというのがどんなことか、こんどはおぼえたろうな。」

と、いいました。

「いいえ、とんでもございません。」

と、若者《わかもの》はこたえていいました。

「死《し》んだわたしのいとこがまいりました。それから、長《なが》いひげをはやした男《おとこ》もまいりました。そいつは、地下室《ちかしつ》

でたくさんの金《かね》を見《み》せてくれました。でも、ぞっとするというのがどんなことかは、だれもおしえてはくれませんでした。」

それをきいて、王《おう》さまはいいました。

「おまえはこの城《しろ》の魔法《まほう》をといてくれた。わしのむすめを、妻《つま》としておまえにやるとしよう。」

「それはまことにありがたいことですが。」

と、若者《わかもの》はこたえました。

「しかし、ぞっとするというのがどんなことか、わたしにはいまもってわかりません。」

こうして、金貨《きんか》が地下室《ちかしつ》からはこびだされて、ご婚礼《こんれい》の式《しき》があげられました。

わかい王《おう》さまは、お妃《きさき》さまをたいそうかわいがり、心《こころ》から満足《まんぞく》していました。けれども、あいもかわらず、

「ああ、ぞっとしたいものだ。ぞっとしたいものだ。」

と、口《くち》ぐせのようにいっていました。しまいには、お妃《きさき》さまは、これをきくのが、いやでいやでたまらなくなりました。

ところが、お妃《きさき》づきの侍女《じじょ》が、

「いいことがございます。あたくしが、ぞっとするということを、王《おう》さまにおしえてさしあげましょう。」

と、もうしました。

侍女《じじょ》は、お城《しろ》の庭《にわ》をながれている小川《おがわ》のところへでていきました。そして、おけにドジョウをいっぱいとってこさせました。夜《よる》になって、わかい王《おう》さまがねむっていますと、お妃《きさき》さまは侍女《じじょ》にいわれたとおり、王《おう》さまのかけぶとんをそっとはいで、ドジョウのはいっているおけいっぱいのつめたい水《みず》を、王《おう》さまの頭《あたま》からザアッとかけました。とたんに、たくさんのドジョウが王《おう》さまのからだのまわりをピチャピチャはねまわりました。すると、王《おう》さまは目《め》をさまして、さけびました。

「うわあ、ぞっとするわい。ぞっとするわい。これではじめてわかったよ、ぞっとするということが。」

（1）なわ屋《や》のむすめと結婚《けっこん》したというのは、首《くび》つりの罰《ばつ》をうけたことです。

【凡例】

・本編「こわいことを知りたくて旅にでかけた男の話」は、青空文庫作成の文字データを使用した。
底本：「グリム童話集(1)」偕成社文庫、偕成社
　　1980（昭和55）年6月1刷
　　2009（平成21）年6月49刷
※表題は底本では、「こわいことを知りたくて［改行］旅《たび》にでかけた男の話」となっている。
入力：sogo
校正：チエコ
2019年11月24日作成

・文字遣いは、青空文庫のデータによる。
・この作品には、今日からみれば不適切と思われる表現が含まれているが、作品の描かれた時代と、作品本来の価値に鑑み、底本のままとした。
・ルビは、青空文庫のものに加えて、新字新仮名のルビを付し、総ルビとした。
・追加したルビには文字遣いの他、読み方など格段の基準は設けていない。

三人《さんにん》の糸《いと》くり女《おんな》

むかし、あるところに、ひとりの女《おんな》の子《こ》がおりました。この子《こ》はなまけもので、糸《いと》をつむぐのが大《だい》きらいでした。おかあさんがいくらいっても、どうしてもいうことをききませんでした。とうとう、おかあさんはがまんがしきれなくなって、あるとき、腹《はら》だちまぎれに女《おんな》の子《こ》をぶちました。すると、女《おんな》の子《こ》はわあ、わあ声《こえ》をあげて、泣《な》きだしました。

ちょうどそこへ、お妃《きさき》さまが馬車《ばしゃ》にのってとおりかか

りました。お妃《きさき》さまは、泣《な》き声《ごえ》をききつけて、馬車《ばしゃ》をとめさせました。それから、うちのなかへはいっていって、おかあさんに、

「往来《おうらい》まで泣《な》き声《ごえ》がきこえますが、どうしてそんなにぶつのですか。」

と、たずねました。

するとおかあさんは、じぶんのむすめがなまけてばかりいることをひとに知《し》られるのをはずかしく思《おも》ったものですから、こういいました。

「この子《こ》に糸《いと》くりをやめさせることができないものでございますから。この子《こ》は年《ねん》がら年《ねん》じゅう、糸《いと》くりをし

たがっておりますが、わたくしどもは貧乏《びんぼう》で、アサを手《て》にいれることができないのでございます。」

それをきいて、お妃《きさき》さまがこたえました。

「あたしは糸《いと》くりの音《おと》をきくのが大《だい》すきです。あの、糸車《いとぐるま》のブンブンいう音《おと》をきくぐらい、たのしいことはありません。おまえのむすめを、いますぐお城《しろ》へよこしなさい。あたしのところには、アサがたくさんありますから、すきなだけ糸《いと》くりをさせてやりましょう。」

おかあさんは心《こころ》のそこからよろこびました。こうして、お妃《きさき》さまは女《おんな》の子《こ》をいっしょにつれていきました。

お城《しろ》へつきますと、お妃《きさき》さまは女《おんな》の子《こ》を上《うえ》の三《みっ》つのへやにつれていきました。見《み》れば、どのへやにもそれはそれはみごとなアサが、床《ゆか》から天井《てんじょう》までぎっしりつまっています。

「さあ、このアサをつむいでおくれ。」

と、お妃《きさき》さまがいいました。

「これをのこらずつむいでしまったら、あたしのいちばん上《うえ》のむすこのおよめさんにしてあげますよ。おまえは貧乏《びんぼう》ですけど、そんなことはかまいません。いっしょうけんめいせいいだしてはたらくことが、なによりの嫁入《よめい》りじたくですからね。」

女《おんな》の子《こ》は、びっくりしてしまいました。だって、こんなにたくさんのアサでは、三百《さんびゃく》ぐらいのおばあさんになるまで、まい日朝《にちあさ》から晩《ばん》までひっきりなしにつむいだって、とてもつむぎきれはしませんもの。女の子《おんなこ》はひとりになりますと、しくしく泣《な》きだしました。そうして、三日《みっか》のあいだ、手《て》もうごかさずに泣《な》きつづけていました。三日《みっか》めに、お妃《きさき》さまがやってきました。お妃《きさき》さまは、まだなんにもつむいでないのを見《み》ますと、ふしぎに思《おも》いました。けれども女の子《おんなこ》は、

「おかあさんのうちを遠《とお》くはなれてまいりましたものですから、それがとてもかなしくって、まだしごとにとりかかれなかったのでございます。」

と、いいわけをしました。

お妃《きさき》さまは、それもむりもないと思《おも》いましたが、へやをでていくときにこういいました。

「あしたは、しごとをはじめてくれなければいけませんよ。」

女《おんな》の子《こ》はまたひとりになりますと、どうしていいのかわからなくなって、かなしみながら窓《まど》ぎわにあゆみよりました。すると、むこうから三人《さんにん》の女《おんな》がやってくるのが見《み》えました。そのうちのひとりは、ひらべったい、ひろい足《あし》のうらをしていました。もうひとりは、大《おお》きな下《した》くちびるがあごまでぶらさがっていました。三人《さんにん》めの女《おんな》は、はばのひろい親指《おやゆび》をしていました。
三人《さんにん》の女《おんな》は窓《まど》のまえに立《た》ちどまって、上《うえ》を見《み》あげて、
「どうかしたの。」
と、女《おんな》の子《こ》にたずねました。
女《おんな》の子《こ》は、じぶんのこまっているわけを話《はな》しました。
それをききますと、三人《さんにん》の女《おんな》たちはたすけてあげようと
いって、
「おまえさんがわたしたちを婚礼《こんれい》の席《せき》によんでくれて
ね、わたしたちのことをはずかしがらずにおばさんたち
だといって、おまえさんの食卓《しょくたく》につかせてくれるなら、
そのアサをかたっぱしからつむいであげよう。それも、

いくらもたたないうちにやってしまうよ。」

「ええ、そうするわよ。」

と、女《おんな》の子《こ》はこたえました。

「さあさあ、はいってきて、すぐにしごとをはじめてちょうだい。」

そこで、女《おんな》の子《こ》は、この三人《さんにん》のきみょうな女《おんな》たちをなかにいれて、さいしょのへやにすこしばかり場所《ばしょ》をつくってやりました。すると、女《おんな》たちはそこにこしをおろして、さっそく糸《いと》をつむぎにかかりました。ひとりが糸《いと》をひきだして、車《くるま》をふみました。するともうひとりが、その糸《いと》をしめらして、三人《さんにん》めの女《おんな》がそれをぐるぐるまわして、指《ゆび》でうけ盤《ばん》をたたきました。そして、この女《おんな》がたたくたびに、いくらかのより糸《いと》が下《した》へおちました。しかもそのより糸《いと》は、まことにみごとにつむいであるのでした。

　女《おんな》の子《こ》は、この三人《さんにん》の糸《いと》くり女《おんな》をかくしておいて、お妃《きさき》さまのくるたびに、つむぎあがったより糸《いと》をたくさん見《み》せました。ですから、お妃《きさき》さまは、口《くち》をきわめて女《おんな》の子《こ》をほめました。

　さいしょのへやがからになりますと、こんどは、二《に》ばんめのへやにうつりました。こうして、とうとう三《さん》ばんめのへやになりましたが、これもたちまちのうちにかた

づいてしまいました。そこで、三人《さんにん》の女《おんな》は女《おんな》の子《こ》におわかれをして、

「わたしたちに約束《やくそく》したことをわすれるんじゃないよ。おまえさんのしあわせになることだからね。」

と、いいました。

女《おんな》の子《こ》がお妃《きさき》さまにからっぽになったへやと、より糸《いと》の大《おお》きな山《やま》を見《み》せますと、お妃《きさき》さまは婚礼《こんれい》のしたくをしました。花《はな》むこも、こ

んな器用《きよう》なはたらきもののおよめさんをもらうのをよろこんで、女《おんな》の子《こ》のことをそれはそれはほめました。

「じつは、あたくしにはおばが三人《さんにん》ございます。」

と、女《おんな》の子《こ》がいいました。

「いままであたくしをたいへんしんせつにしてくれておりましたので、こういうしあわせな身《み》になりましても、おばたちのことをわすれたくはございません。つきましては、おばたちを婚礼《こんれい》の席《せき》によんで、いっしょの食卓《しょくたく》につかせてやりたいと思《おも》いますが、おゆるしねがえませんでしょうか。」

「ゆるしてあげますとも。」

と、お妃《きさき》さまと花《はな》むこがいいました。

さて、いよいよおいわいがはじまりました。そのとき、みょうななりをした三人《さんにん》の女《おんな》がはいってきました。すると、花《はな》よめは、

「おばさまがた、よくおいでくださいました。」

と、いいました。

「いやはや、どうも。」

と、花《はな》むこがいいました。

「おまえはまた、ずいぶんみっともないれんちゅうと知《し》りあいなんだねえ。」

それから、花《はな》むこはひらべったい足《あし》をしている女《おんな》のと

ころへいって、たずねました。

「あなたは、どうしてそんなひらべったい足《あし》をしているのですか?」

「ふむからだよ、ふむからだよ。」

と、その女《おんな》はこたえました。

そのつぎに、花《はな》むこはもうひとりの女《おんな》のところへいってききました。

「あなたは、どうしてそんなにたれさがったくちびるをしているのですか?」

「なめるからだよ、なめるからだよ。」

と、その女《おんな》はへんじをしました。

さいごに、花《はな》むこは三人《さんにん》めの女《おんな》にたずねました。

「あなたは、どうしてそんなにはばのひろい親指《おやゆび》をしているのですか?」

「糸《いと》をまわすからだよ、糸《いと》をまわすからだよ。」

と、その女《おんな》はこたえました。

それをきくと、王子《おうじ》はびっくりして、

「それなら、わたしの美《うつく》しい花《はな》よめには、もうこれからは、けっしてつむぎ車《ぐるま》に手《て》をふれさせないことにする。」

と、いいました。

おかげで、花《はな》よめはあのいやな糸《いと》くりをしないでもいいことになりました。

【凡例】

・本編「三人の糸くり女」は、青空文庫作成の文字データを使用した。

底本：「グリム童話集(1)」偕成社文庫、偕成社
　1980（昭和55）年6月1刷
　2009（平成21）年6月49刷
入力：sogo
校正：チエコ
2020年5月27日作成
2023年9月6日修正

・文字遣いは、青空文庫のデータによる。

・この作品には、今日からみれば不適切と思われる表現が含まれているが、作品の描かれた時代と、作品本来の価値に鑑み、底本のままとした。

・ルビは、青空文庫のものに加えて、新字新仮名のルビを付し、総ルビとした。

・追加したルビには文字遣いの他、読み方など格段の基準は設けていない。

三本《さんぼん》の金《きん》の髪《かみ》の毛《け》をもっている鬼《おに》

むかし、あるところに、ひとりのまずしい女《おんな》がおりました。この女《おんな》があるときひとりの男《おとこ》の子《こ》を生《う》みましたが、その子《こ》は頭《あたま》に(1)〈福《ふく》の皮《かわ》〉をかぶって生《う》まれてきました。それで、この子《こ》は十四《じゅうし》になったら、王《おう》さまのお姫《ひめ》さまをおよめさんにもらうだろう、という予言《よげん》をしたものがありました。

それからまもなくのこと、王《おう》さまがこの村《むら》にやってきました。けれども、それが王《おう》さまだとは、だれひとり夢《ゆめ》にも知《し》りませんでした。王《おう》さまは、なにかかわったことはないかと、村《むら》の人《ひと》たちにたずねました。すると、みんなはこたえて、こういいました。

「さいきん、福《ふく》の皮《かわ》をかぶった子《こ》どもが生《う》まれました。こういう子《こ》どもは、なにをやってもいい運《うん》にめぐまれているものです。じっさい、その子《こ》についても、十四《じゅうし》になったら、王《おう》さまのお姫《ひめ》さまをおよめさんにもらうだろう、という予言《よげん》をしたものもあるんですよ。」

王《おう》さまはその予言《よげん》のことをきいて、ひどく腹《はら》をたてました。しかし、もともと腹黒《はらぐろ》い人《ひと》でしたから、その子《こ》のおとうさんとおかあさんのところへいって、いかにもしんせつそうなふりをして、こういいました。

「どうだろう、あんたがたはまずしいようだが、その子《こ》どもをわたしにくれないかね。わたしがめんどうをみてやるよ。」

はじめのうちは、おとうさんもおかあさんもことわりました。けれども、その見知《みし》らぬ人《ひと》が子《こ》どもをもらうかわりにといって、たくさんのお金《かね》をさしだしたものですから、ふたりは、

（これは福《ふく》の子《こ》だ。どっちみち、いい運《うん》にめぐりあうにちがいない。）

と、考《かんが》えて、とうとう承知《しょうち》してしまいました。そして、

子《こ》どもを王《おう》さまにわたしたのです。

王《おう》さまはその子《こ》を箱《はこ》のなかにいれました。そして、それをもって馬《うま》をすすめていきますと、そのうちに、とあるふかい川《かわ》にでました。すると、王《おう》さまはその箱《はこ》を川《かわ》のなかにほうりこんでしまいました。そして、

（これで、思《おも》いもよらないやつに姫《ひめ》をやらなくてもすんだわけだ。）

と、心《こころ》のなかで思《おも》いました。

ところが、その箱《はこ》はしずまないで、小舟《こぶね》のように、ぷかぷかうかんでいきました。そして、なかには水《みず》一《いっ》てきはいりませんでした。

こうして、箱《はこ》は王《おう》さまの都《みやこ》から二《に》マイルほどはなれている水車小屋《すいしゃごや》のところまでながれていって、そこの堰《せき》にひっかかって、とまりました。

運《うん》よく、そこに立《た》っていた粉《こな》ひきの小僧《こぞう》がそれを見《み》つけて、とび・・口《ぐち》でもってひきよせました。小僧《こぞう》は、すばらしい宝《たから》ものを見《み》つけたと思《おも》いました。ところが、箱《はこ》をあけてみますと、どうでしょう、なかには、きれいな男《おとこ》の子《こ》がはいっているではありませんか。男《おとこ》の子《こ》は、みるからに元気《げんき》よく、ぴちぴちしていました。

小僧《こぞう》はこの子《こ》を粉《こな》ひきの夫婦《ふうふ》のところへつれていきました。すると、粉《こな》ひきの夫婦《ふうふ》には子《こ》どもがなかったもの

ですから、ふたりは、

「この子《こ》は、神《かみ》さまからさずかったのだ。」

と、いいました。

夫婦《ふうふ》はこの子《こ》をだいじにそだてました。やがて、子《こ》どもは大《おお》きくなって、りっぱな若者《わかもの》になりました。

あるひどい嵐《あらし》のとき、王《おう》さまがこの水車小屋《すいしゃごや》にたちよったことがありました。王《おう》さまは粉《こな》ひきの夫婦《ふうふ》にむかって、この大《おお》きな子《こ》どもはおまえたちの子《こ》どもか、とたずねました。

「いいえ、これはすて子《ご》でございます。」

と、夫婦《ふうふ》はこたえていいました。

「じつは、いまから十四年《じゅうよねん》ほどまえに、箱《はこ》にいれられて、堰《せき》にながれつきましたのを、粉《こな》ひきの小僧《こぞう》が水《みず》からひきあげたのでございます。」

それをきいて、王《おう》さまは、これこそ、むかしじぶんが川《かわ》になげこんだ福《ふく》の子《こ》にちがいない、と気《き》がつきました。

そこで、

「これ、おまえたち、この子《こ》どもに妃《きさき》のところへ手紙《てがみ》をとどけさせてはくれまいか。ほうびには金貨《きんか》を二枚《にまい》つかわすが。」

と、いいました。

「かしこまりました。」

夫婦《ふうふ》のものはこうこたえて、子《こ》どもにしたくをするようにいいつけました。

王《おう》さまはお妃《きさき》さまに手紙《てがみ》を書《か》きました。ところがその手紙《てがみ》には、

「この手紙《てがみ》をもった子《こ》どもが城《しろ》へついたら、ただちに殺《ころ》して、うめてしまえ。それも、わしがもどらぬうちに、すっかりかたづけてしまえ。」

と、書《か》いてあったのです。

男《おとこ》の子《こ》はこの手紙《てがみ》をもってでかけましたが、とちゅうで道《みち》にまよってしまって、日《ひ》がくれてから、とある大《おお》きな森《もり》のなかにはいりこみました。

まっくらやみのなかに、ポツンと小《ちい》さなあかりが見《み》えました。そこで、男《おとこ》の子《こ》はそれをめあてに歩《ある》いていきますと、小《ちい》さな家《いえ》のまえにでました。

家《いえ》のなかへはいってみますと、おばあさんがたったひとり炉《ろ》ばたにすわっていました。おばあさんは男《おとこ》の子《こ》のすがたを見《み》ますと、びっくりして、いいました。

「おまえはどこからきたのだい。で、これからどこへいくんだね。」

「ぼくは水車小屋《すいしゃごや》からきたんです。」

と、男《おとこ》の子《こ》はこたえました。

「お妃《きさき》さまのところへ手紙《てがみ》をとどけにいくとこなんで

す。だけど、森《もり》のなかで道《みち》にまよっちゃったから、今夜《こんや》はここにとめてもらいたいんです。」

「かわいそうに。」

と、おばあさんはいいました。

「おまえは、どろぼうのうちにまよいこんだんだよ。いまにみんながかえってくれば、おまえは殺《ころ》されちまうよ。」

「どんなやつがきたって、ぼくはこわかありません。ぼくはもうくたびれちゃって、これいじょう、ひと足《あし》も歩《ある》けないんです。」

男《おとこ》の子《こ》はこういうと、こしかけの上《うえ》に手足《てあし》をのばして、そのまま、ぐうぐうねこんでしまいました。

それからまもなく、どろぼうたちがかえってきました。どろぼうたちはぷんぷん腹《はら》をたてて、そこにねている小僧《こぞう》は、いったいどこのどいつだ、とたずねました。

「ああ、そりゃあ、罪《つみ》のない子《こ》どもだよ。」

と、おばあさんがいいました。

「森《もり》んなかで道《みち》にまよってたから、かわいそうになって、わたしがとめてやったんだよ。お妃《きさき》さまのとこへ手《て》紙《がみ》をもっていくんだとさ。」

さっそく、どろぼうたちは手紙《てがみ》の封《ふう》を切《き》って、読《よ》んでみました。すると、この子《こ》がお城《しろ》へつきしだい、ただちに命《いのち》をとってしまえ、と書《か》いてあるではありませんか。なさけ知《し》らずのどろぼうたちも、これを見《み》ると、さすがにかわいそうになりました。

そこで、どろぼうのかしらはその手紙《てがみ》をやぶいて、べつに手紙《てがみ》を書《か》きました。それには、この子《こ》どもがお城《しろ》へつきしだい、ただちにお姫《ひめ》さまと結婚《けっこん》させるように、と書《か》いておきました。

どろぼうたちは、あくる朝《あさ》まで、男《おとこ》の子《こ》をこしかけの上《うえ》にしずかにねかせておいてやりました。そしてつぎの朝《あさ》になって、男《おとこ》の子《こ》が目《め》をさましたとき、みんなは男《おとこ》の子《こ》に手紙《てがみ》をわたして、お城《しろ》へいく道《みち》をおしえてやりました。

お妃《きさき》さまはこの手紙《てがみ》をうけとって、それを読《よ》みますと、なかに書《か》いてあるとおり、すぐにりっぱな婚礼《こんれい》のしたくをいいつけました。こうして、お姫《ひめ》さまは福《ふく》の子《こ》のおよめさんになったのです。福《ふく》の子《こ》は心《こころ》のやさしい、美《うつく》しい若者《わかもの》でしたから、お姫《ひめ》さまは心《こころ》から満足《まんぞく》して、ふたりでたのしくくらしていました。

しばらくたって、王《おう》さまがお城《しろ》へかえってきました。王《おう》さまは、予言《よげん》のとおりに、福《ふく》の子《こ》がお姫《ひめ》さまをおよめさんにしているのを見《み》ますと、

「これはどうしたことだ。わしは手紙《てがみ》に、まるでちがった命令《めいれい》を書《か》いておいたはずだが。」

と、いいました。

すると、お妃《きさき》さまはその手紙《てがみ》を王《おう》さまにわたして、

「ごじぶんで、なかに書《か》いてあることをお読《よ》みになってごらんなさいませ。」

と、いいました。

王《おう》さまはその手紙《てがみ》を読《よ》んで、はじめて、それがじぶんの書《か》いたのとすりかえられたものであることに気《き》がつきました。そこで、王《おう》さまは福《ふく》の子《こ》に、じぶんのたのんだ手紙《てがみ》はどうなったのか、どうしてまた、かわりにべつの手紙《てがみ》をもってきたのか、と、たずねました。

「わたしはなんにも知《し》りません。」

と、福《ふく》の子《こ》はこたえていいました。

「わたしが森《もり》のなかでねた晩《ばん》に、きっとすりかえられたにちがいありません。」

王《おう》さまはかんかんにおこって、いいました。

「そうやすやすと、おまえにうまくやられてたまるものか。わしのむすめがほしいものは、地獄《じごく》から鬼《おに》の頭《あたま》の金《きん》の髪《かみ》の毛《け》を三本《さんぼん》とってこなければならんのだ。わしののぞみのものをもってくれば、むすめはそのままおまえの妻《つま》にしておいてよろしい。」

王《おう》さまとしては、これでこの若僧《わかぞう》を追《お》いはらうことができると思《おも》ったのです。

ところが、福《ふく》の子《こ》はこたえました。

「おのぞみの金《きん》の髪《かみ》の毛《け》は、かならずとってまいります。鬼《おに》なんか、すこしもこわくはありません。」

こうして、福《ふく》の子《こ》はわかれをつげて、旅《たび》にでかけました。

福《ふく》の子《こ》がずんずん歩《ある》いていきますと、やがて、とある大《おお》きな町《まち》にきました。町《まち》の門《もん》のところで、番人《ばんにん》が、おまえはどんな職《しょく》をこころえているか、どんなことを知《し》っているか、と福《ふく》の子《こ》にたずねました。すると、福《ふく》の子《こ》は、

「なんでも知《し》ってるよ。」

と、こたえました。

「そいつはありがたいな。」

と、番人《ばんにん》はいいました。

「じつは、この町《まち》の井戸《いど》から、いままでは酒《さけ》がわきでていたんだが、そいつがいまではすっかりかれちまって、水《みず》さえもでないしまつなんだ。どうしたわけだか、おしえてもらえないかね。」

「おしえてあげるよ。だが、わたしがかえってくるまで、待《ま》っていたまえよ。」

と、福《ふく》の子《こ》はいいました。

こういって、福《ふく》の子《こ》はずんずん歩《ある》いていきました。やがて、またべつの町《まち》の門《もん》のまえにきました。ここでもまた、門番《もんばん》が、おまえはどんな職《しょく》をこころえているか、どんなことを知《し》っているか、と、たずねました。

「なんでも知《し》ってるよ。」

と、福《ふく》の子《こ》はこたえました。

「そいつはありがたいぞ。じつは、この町《まち》に一本《いっぽん》の木《き》があるんだが、いままではその木《き》に金《きん》のリンゴがなっていたのに、いまじゃ葉《は》っぱ一枚《いちまい》でないありさまなんだ。どういうわけだか、ひとつおしえてもらいたいね。」

「おしえてあげるよ。だが、わたしがかえってくるまで待《ま》っていたまえ。」

福《ふく》の子《こ》はこういって、またさきへいきました。そのう

ちに、とある大《おお》きな川《かわ》のところにでましたが、この川《かわ》は
どうしてもわたらなければなりません。ここでも渡《わた》し守《もり》
が、おまえはどういう職《しょく》をこころえているか、なにを
知《し》っているか、と、福《ふく》の子《こ》にたずねました。
「なんでも知《し》ってるよ。」
と、福《ふく》の子《こ》はこたえました。
「そいつはうれしいな。」
と、渡《わた》し守《もり》がいいました。
「おれは、年《ねん》がら年《ねん》じゅういったりきたりして、人《ひと》を
わたしてばかりいるんだが、どうしてかわりがこないの
か、そのわけをおしえてもらいたい。」

「おしえてあげるよ。だが、わたしがかえってくるまで待《ま》っていたまえ。」

と、福《ふく》の子《こ》はいいました。

この川《かわ》をわたりますと、いよいよ地獄《じごく》の入《い》り口《ぐち》が見《み》つかりました。地獄《じごく》のなかはまっ黒《くろ》で、すすけていました。鬼《おに》はちょうどるすでしたが、鬼《おに》のおかあさんが大《おお》きな安楽《あんらく》いすにこしかけていました。

「なんの用《よう》だい。」

と、鬼《おに》のおかあさんは福《ふく》の子《こ》にたずねました。けれども、このひとは、そんなにたちがわるいようには見《み》えませんでした。

「ぼくは、鬼《おに》の頭《あたま》の金《きん》の髪《かみ》の毛《け》が三本《さんぼん》ほしいんです。でないと、およめさんをぼくのものにしておけないんですもの。」

と、福《ふく》の子《こ》はこたえました。

「そりゃあまた、たいへんなのぞみだね。」

と、鬼《おに》のおかあさんがいいました。

「鬼《おに》がかえってきて、おまえを見《み》つけようもんなら、おまえは、たちまちやっつけられちまうよ。だが、おまえがかわいそうだから、なんとかおまえをたすけてやるようにするよ。」

鬼《おに》のおかあさんはこういって、福《ふく》の子《こ》をアリのすがた

にかえてしまいました。そして、

「わたしのスカートのひだのなかにはいこんでいな。そうしていりゃ、だいじょうぶだよ。」

と、いいました。

ええ、と、福《ふく》の子《こ》はこたえていいました。

「それでけっこうなんですが、まだ三《みっ》つほど知《し》りたいことがあるんです。いままでお酒《さけ》のわきでていた井戸《いど》が、すっかりかれてしまって、水《みず》一《いっ》てきでないというのは、どうしてなんですか。いままで金《きん》のリンゴがなっていたのに、いままでは葉《は》っぱ一枚《いちまい》でないというのは、どうしてなんですか。それから、渡《わた》し守《もり》が年《ねん》がら年《ねん》じゅういったりきたりして、ひとをわたしているのに、かわりの人《ひと》がさっぱりこないというのは、どうしてなんですか。」

「そいつはむずかしい問題《もんだい》だね。」

と、鬼《おに》のおかあさんがいいました。

「だがまあ、うごかずにじっとしておいで。そして、わたしが鬼《おに》の頭《あたま》から金《きん》の髪《かみ》の毛《け》を三本《さんぼん》ひきぬくときに、鬼《おに》がなんていうか、よく気《き》をつけてきいているんだよ。」

日《ひ》がくれてから、鬼《おに》がかえってきました。鬼《おに》はうちのなかへはいるかはいらないうちに、なかの空気《くうき》がすんでないことに気《き》がつきました。

「くさいぞ、くさいぞ、人間《にんげん》の肉《にく》くさいぞ。なんだかへんだぞ。」

と、鬼《おに》がいいました。

それから、鬼《おに》はへやのすみからすみまでのぞいてさがしまわりましたが、なんにも見《み》つかりませんでした。それを見《み》て、鬼《おに》のおかあさんが鬼《おに》をしかりつけて、いいました。

「たったいま、そうじしたばっかりだよ。せっかくひとが、すっかりかたづけておいたのに、またおまえがごちゃごちゃにしてしまう。おまえの鼻《はな》にゃ、しょっちゅう人間《にんげん》の肉《にく》のにおいがくっついているんだよ。さあ、すわって夕《ゆう》はんでも食《た》べな。」

鬼《おに》はごはんを食《た》べたりお酒《さけ》をのんだりしてしまいますと、つかれがでてきて、頭《あたま》をおかあさんのひざの上《うえ》にのせました。そして、シラミをすこしとってくれ、といいました。

しばらくすると、鬼《おに》はうとうとしてきて、やがて、ぐうぐういびきをかきはじめました。そのようすを見《み》て、鬼《おに》のおかあさんは金《きん》の髪《かみ》の毛《け》を一本《いっぽん》つかんで、ぐいとひきぬいて、じぶんのそばにおきました。

「おう、いてえ。なにをするんだい。」

と、鬼《おに》がさけびました。

「いまね、いやな夢《ゆめ》を見《み》たんだよ。」

と、鬼《おに》のおかあさんがこたえました。

「それで、思《おも》わずおまえの髪《かみ》の毛《け》をつかんだのさ。」

「いったい、どんな夢《ゆめ》を見《み》たんだい。」

と、鬼《おに》がたずねました。

「ある町《まち》の市場《いちば》の井戸《いど》の夢《ゆめ》だったよ。いままでは酒《さけ》がわきでていたのに、それがかれちまって、水《みず》さえもでなくなっちまったんだよ。どうしたわけなんだろうね。」

「へへん、あいつらにわかってたまるもんか。」

と、鬼《おに》はこたえました。

「その井戸《いど》のなかの石《いし》の下《した》に、ヒキガエルが一《いっ》ぴきいるのさ。そいつを殺《ころ》しさえすりゃあ、また酒《さけ》がわいてくるんだ。」

鬼《おに》のおかあさんは、また鬼《おに》の頭《あたま》のシラミをとりはじめました。そのうちに、鬼《おに》はまたもやねむりこんで、窓《まど》もふるえるような、ものすごいいびきをかきはじめました。

そこで、鬼《おに》のおかあさんは、鬼《おに》の頭《あたま》から二本《にほん》めの髪《かみ》の毛《け》をひきぬきました。

「うわあ。なにをするんだい。」

鬼《おに》はかんかんにおこって、どなりました。

「わるく思《おも》わないでおくれ。夢《ゆめ》を見《み》てやったことなんだから。」

と、鬼《おに》のおかあさんはこたえました。

「こんどは、どんな夢《ゆめ》を見《み》たんだ。」

と、鬼《おに》がたずねました。

「ある王《おう》さまの国《くに》にはえている、くだものの木《き》の夢《ゆめ》なんだがね、その木《き》にはいままでずうっと金《きん》のリンゴがなっていたのさ。それが、いまじゃ葉《は》っぱ一枚《いちまい》でやしないんだよ。どうしたわけなんだろうね。」

「へへん、あいつらにわかってたまるもんかい。」

と、鬼《おに》はこたえていいました。

「その木《き》の根《ね》っこをネズミがかじっているからさ。そのネズミを殺《ころ》しちまや、また金《きん》のリンゴがなるようになる。だけど、このままネズミがかじっているようだと、いまにその木《き》はすっかりかれちまわあ。ところでおっかさん、もう夢《ゆめ》を見《み》るのはやめにして、おれをねかしてくれよ。こんど、おれのねているじゃまをしたら、横《よこ》っつらをぶんなぐるぜ。」

鬼《おに》のおかあさんはうまく鬼《おに》をなだめて、またシラミをとりはじめました。そのうちに、鬼《おに》はまたもやねむりこんで、ぐうぐうものすごいいびきをかきはじめました。

そこで、鬼《おに》のおかあさんは、鬼《おに》の頭《あたま》から三本《さんぼん》めの金《きん》の髪《かみ》の毛《け》をつかんで、ひきぬきました。

鬼《おに》はびっくりしてとびあがり、わめきながら、おかあさんにらんぼうしようとしました。けれども、おかあさんはもういちど鬼《おに》をなだめて、いいました。

「こんないやな夢《ゆめ》を見《み》たんだもの、しかたがないじゃないか。」

「いったい、どんな夢《ゆめ》を見《み》たんだい。」

と、鬼《おに》はたずねました。やっぱり、鬼《おに》もききたかったのです。

「渡《わた》し守《もり》の夢《ゆめ》なんだがね、その渡《わた》し守《もり》は、かわりがこないものだから、年《ねん》がら年《ねん》じゅういったりきたりして、ひとをわたさなければならないって、ぶつぶつもんくをいってるのさ。どういうわけなんだろうねえ。」

「へーん、ばかな野郎《やろう》だなあ。」

と、鬼《おに》はいいました。

「だれかがやってきて、むこうへわたしてくれといったら、そいつの手《て》にさおをにぎらせちまやいいんだ。そうすりゃ、こんどはそいつがひとをわたさなけりゃならなくなって、じぶんは自由《じゆう》になれるんだ。」

こうして、鬼《おに》のおかあさんは金《きん》の髪《かみ》の毛《け》も三本《さんぼん》ぬいてしまいましたし、それに三《みっ》つの問題《もんだい》のこたえも話《はな》させてしまいましたので、こんどは、このばけものをそのままそっとねかせておいてやりました。それで、鬼《おに》は夜《よ》のあけるまで、ぐっすりねこみました。

鬼《おに》がふたたびでかけてしまいますと、鬼《おに》のおかあさんはスカートのひだからアリをとりだして、この福《ふく》の子《こ》をもとの人間《にんげん》のすがたにもどしてやりました。

「そら、この三本《さんぼん》の金《きん》の髪《かみ》の毛《け》をやるよ。」

と、鬼《おに》のおかあさんがいいました。

「それから、おまえの三《みっ》つの問題《もんだい》にたいして、鬼《おに》がなんていったか、よくきいていたろうね。」

「ええ、きいてましたよ。よくおぼえておきます。」

と、福《ふく》の子《こ》はこたえました。

「これで、おまえをたすけてやったわけだから、ぼつぼつでかけたらどうだい。」

と、鬼《おに》のおかあさんがいいました。

福《ふく》の子《こ》は鬼《おに》のおかあさんに、こまっているところをたすけてもらったお礼《れい》をくりかえしいって、地獄《じごく》をたちさりました。そして、なにもかもが、じつにうまくいきましたので、福《ふく》の子《こ》は大《おお》よろこびでした。

渡《わた》し守《もり》のところまできますと、渡《わた》し守《もり》は約束《やくそく》のへんじをきかしてくれ、といいました。

「まずわたしを、むこうへわたしてくれ。」

と、福《ふく》の子《こ》はいいました。

「そうすれば、どうしたらおまえが自由《じゆう》になれるかをおしえてやるよ。」

むこう岸《ぎし》へつきますと、福《ふく》の子《こ》は鬼《おに》のいったことをそのままおしえてやりました。

「こんどだれかがやってきて、むこうへわたしてくれといったら、その男《おとこ》の手《て》にさおをにぎらせてしまや、それでいいんだよ。」

福《ふく》の子《こ》はずんずん歩《ある》いていきました。やがて、実《み》のならなくなった木《き》のはえている町《まち》へきますと、ここでも番人《ばんにん》が、福《ふく》の子《こ》のへんじを待《ま》っていました。そこで福《ふく》の子《こ》は、鬼《おに》からきいたとおりのことを話《はな》してやりました。

「その木《き》の根《ね》っこをかじっているネズミを殺《ころ》しなさい。そうすれば、また金《きん》のリンゴがなるよ。」

これをききますと、番人《ばんにん》は福《ふく》の子《こ》にありがとうございます、といって、お礼《れい》のしるしに、金貨《きんか》を山《やま》とつんだ二《に》ひきのロバをくれました。ロバは福《ふく》の子《こ》のあとからついてきました。

いちばんおしまいに、井戸《いど》のかれてしまった町《まち》にきました。ここでも福《ふく》の子《こ》は、番人《ばんにん》に、

「この井戸《いど》の中《なか》の石《いし》の下《した》に、ヒキガエルが一《いっ》ぴきいるんだよ。そいつをさがしだして、殺《ころ》しなさい。そうすれば、またまえのようにお酒《さけ》がいくらでもわきでてくるよ。」

と、鬼《おに》がいったとおりに話《はな》してきかせました。番人《ばんにん》はお礼《れい》をいって、こんどもまた、金貨《きんか》をつんだ二《に》ひきのロバをくれました。

こうして、福《ふく》の子《こ》はようやく、およめさんの待《ま》っている家《いえ》にかえりつきました。およめさんは、福《ふく》の子《こ》にもういちどあえたばかりか、なにもかもがうまくいったことをきいて、心《こころ》からよろこびました。

福《ふく》の子《こ》は、王《おう》さまのおのぞみの、鬼《おに》の金《きん》の髪《かみ》の毛《け》を三《さん》本《ぼん》もって、王《おう》さまのまえにでました。王《おう》さまは金貨《きんか》を背中《せなか》につんだ四《よん》ひきのロバを見《み》て、すっかり満足《まんぞく》して、いいました。

「さて、これで条件《じょうけん》はすっかりととのったわけだ。わしのむすめは、おまえの妻《つま》にしてよろしい。だがな、むこどの、このたくさんの金貨《きんか》はどこで手《て》にいれたのかね。じつにすばらしい宝《たから》ものだが。」

「わたしはある川《かわ》をわたりました。この金貨《きんか》は、そこからとってまいりましたのです。その川《かわ》の岸《きし》には、砂《すな》のかわりに、こういうものがいっぱいございます。」

と、福《ふく》の子《こ》はこたえました。

「わしにもとってこられるかな。」

王《おう》さまはほしくてたまらなくなって、こうたずねました。

「いくらでも、おのぞみなだけ。」

と、福《ふく》の子《こ》はこたえました。

「その川《かわ》には渡《わた》し守《もり》がおりますから、そのものに川《かわ》をわたしておもらいなさいませ。川《かわ》むこうへまいりますと、いくつふくろがありましても、すぐいっぱいになってしまいます。」

欲《よく》のふかい王《おう》さまは、おおいそぎででかけました。あの川《かわ》のところまできますと、王《おう》さまは渡《わた》し守《もり》を手《て》でまねきよせて、むこう岸《ぎし》へわたしてくれ、といいました。渡《わた》し守《もり》がやってきて、王《おう》さまにおのりなさい、といいました。ふたりがむこう岸《ぎし》へついたとたん、渡《わた》し守《もり》は王《おう》さまの手《て》にさおをにぎらせるがはやいか、じぶんは陸《りく》にとびあがって、にげていってしまいました。

王《おう》さまは、じぶんのおかした罪《つみ》の罰《ばつ》として、それからはずうっと渡《わた》し守《もり》をしなければなりませんでした。

（1）子《こ》どもが生《う》まれたとき、大網膜《だいもうまく》の一部《いちぶ》がやぶれないで、そのまま子《こ》どもの頭《あたま》にのこっていることがあります。むかしは、これを幸運《こううん》のしるしだと考《かんが》えて、〈福《ふく》の皮《かわ》〉とよんだわけです。

三本の金の髪の毛をもっている鬼

【凡例】

・本編「三本の金の髪の毛をもっている鬼」は、青空文庫作成の文字データを使用した。
底本：「グリム童話集(1)」偕成社文庫、偕成社
　　1980（昭和55）年6月1刷
　　2009（平成21）年6月49刷
※表題は底本では、「三本の金《きん》の髪《かみ》の毛《け》をもっている鬼《おに》」となっている。
入力：sogo
校正：チエコ
2021年10月27日作成
2023年9月6日修正

・文字遣いは、青空文庫のデータによる。
・この作品には、今日からみれば不適切と思われる表現が含まれているが、作品の描かれた時代と、作品本来の価値に鑑み、底本のままとした。
・ルビは、青空文庫のものに加えて、新字新仮名のルビを付し、総ルビとした。
・追加したルビには文字遣いの他、読み方など格段の基準は設けていない。

三枚《さんまい》のヘビの葉《は》

むかしむかし、ひとりのまずしい男《おとこ》がおりました。その男《おとこ》は、じぶんのたったひとりのむすこさえも、やしなえないようになってしまいました。そこで、むすこがいいました。

「おとうさん、だいぶくらしもくるしくなってきましたね。わたしはおとうさんの重荷《おもに》になるばかりです。いっそ、家《いえ》をでて、じぶんでなんとかしてパンをかせぐようにしたいと思《おも》います。」

そこで、おとうさんはむすこのしあわせをいのって、胸《むね》のつぶれるようなかなしい思《おも》いで、むすことわかれました。

ちょうどそのころ、ある強《つよ》い国《くに》の王《おう》さまが戦争《せんそう》をはじめました。若者《わかもの》はこの王《おう》さまにつかえて、戦場《せんじょう》にでかけました。若者《わかもの》が敵《てき》のまえまできたとき、ちょうどたたかいがはじまりました。そのあぶないことといったらありません。鉄砲《てっぽう》のたまが、豆《まめ》のようにバラバラふってきて、味方《みかた》のものはあっちでもこっちでも、ばったばったとたおれるありさまです。そのうちに、隊長《たいちょう》までも戦死《せんし》してしまいました。ですから、のこったものたちはあわててにげだしました。そのとき、若者《わかもの》がすすみでて、みんなに勇気《ゆうき》をつけて、大声《おおごえ》によばわりました。

「おれたちの生《う》まれた国《くに》をほろぼすな。」

それをきいて、ほかのものたちも若者《わかもの》のあとにしたがいました。若者《わかもの》は敵《てき》のなかにとびこんで、さんざんに敵《てき》をやっつけました。王《おう》さまは、たたかいに勝《か》つことができたのはこの若者《わかもの》ひとりのおかげだったときいて、若者《わかもの》をだれよりもとりたてて、たくさんの宝《たから》ものをあたえたうえ、国《くに》いちばんの家来《けらい》にしました。

王《おう》さまには、ひとりのお姫《ひめ》さまがありました。お姫《ひめ》さまはたいへん美《うつく》しいかたでしたが、ただ、ひどくかわっていました。なにしろ、このお姫《ひめ》さまが結婚《けっこん》しようと思《おも》う相手《あいて》の人《ひと》は、もしもお姫《ひめ》さまがさきに死《し》んだばあい、お姫《ひめ》さまといっしょに生《い》きうめにされてもかまわないと約束《やくそく》できる人《ひと》でなければだめだという、かたい誓《ちか》いをたてていたのですからね。

「あたしを心《こころ》のそこからすいているのなら、あたしが死《し》んだのち、どうして命《いのち》がいりましょう。」

と、お姫《ひめ》さまはいうのでした。

そのかわり、お姫《ひめ》さまもおんなじことをするつもりでした。つまり、もしご主人《しゅじん》のほうがさきに死《し》ねば、お姫《ひめ》さまもいっしょにお墓《はか》のなかへはいる気《き》でいたのです。

いままでのところは、このかわった誓《ちか》いをききますと、お姫《ひめ》さまに結婚《けっこん》をもうしこもうと思《おも》っていた人《ひと》も、みんなおそれをなしてしまうのでした。

ところがこの若者《わかもの》は、お姫《ひめ》さまの美《うつく》しさにすっかり心《こころ》をうばわれてしまって、ほかのことはなんにも考《かんが》えず、お姫《ひめ》さまをいただきたい、と、王《おう》さまのもとにねがいでました。

「おまえは約束《やくそく》しなければならぬことがあるのだが、それも知《し》っているのかね。」

と、王《おう》さまがたずねました。

「もしもわたくしがお姫《ひめ》さまよりあとまで生《い》きており

ましたら、お姫《ひめ》さまといっしょに墓《はか》のなかへはいらなければなりません。」

と、若者《わかもの》はこたえていいました。

「しかし、お姫《ひめ》さまをすきに思《おも》うわたくしの気持《きも》ちは、そのようなことはものともいたしませぬほどにふかいのでございます。」

これをきいて、王《おう》さまは承知《しょうち》しました。やがて、ご婚礼《こんれい》の式《しき》が、たいそうりっぱにおこなわれました。

それから、ふたりは、しばらくのあいだ、なに不足《ふそく》なく、しあわせにくらしておりました。ところがあるとき、ふと、わかいお妃《きさき》さまがおもい病気《びょうき》にかかりました。どんな医者《いしゃ》でも、お妃《きさき》さまの病気《びょうき》をなおすことはできませんでした。

こうして、とうとうお妃《きさき》さまがなくなりますと、わかい王《おう》さまは、まえにいやいやながらした約束《やくそく》のことを思《おも》いだしました。すると、生《い》きたままお墓《はか》のなかにはいるのが、たまらなくこわくなってきました。といって、いまさらのがれる道《みち》もありません。なにしろ、王《おう》さまが門《もん》という門《もん》を番兵《ばんぺい》ですっかりかためさせてしまったのですから、この運命《うんめい》からのがれることはとてもできなかったのです。

いよいよ、お妃《きさき》さまのなきがらを王家《おうけ》のお墓《はか》にほうむる日《ひ》がきました。わかい王《おう》さまは、いっしょにお墓《はか》のなかへつれていかれました。やがて、門《もん》にかんぬきがさされ、錠《じょう》がおろされました。

お棺《かん》のそばに、机《つくえ》がひとつありました。その上《うえ》にあかりが四《よっ》つと、パンのかたまりが四《よっ》つ、それにブドウ酒《しゅ》が四本《よんほん》のせてありました。これだけのたくわえがおしまいになれば、わかい王《おう》さまはうえ死《じ》にするほかはありません。

わかい王《おう》さまはかなしみにうちしずんで、そこにすわっていました。くる日《ひ》もくる日《ひ》も、パンをほんのひと口食《くちた》べ、ブドウ酒《しゅ》をほんのひとしずくのむだけでした。それでもやっぱり、じぶんの死《し》ぬときが、刻一刻《こくいっこく》とせまってくるのがわかりました。

こうして、わかい王《おう》さまがぼんやりまえのほうを見《み》つめていたときです。墓穴《はかあな》のすみのほうから一《いっ》ぴきのヘビがはいだしてきて、お妃《きさき》さまのなきがらのほうへ近《ちか》よっていきました。わかい王《おう》さまは、ヘビがなきがらをかじりにきたのだろうと思《おも》いましたので、剣《けん》をぬいて、いいました。

「わたしの生《い》きているかぎりは、妃《きさき》のからだにはふれさせぬぞ。」

こういって、わかい王《おう》さまはそのヘビを三《みっ》つに切《き》りすてました。しばらくすると、もう一《いっ》ぴき、べつのヘビがすみからはいだしてきました。けれども、まえのヘビが三《みっ》つに切《き》られて、そこに死《し》んでいるのを見《み》ますと、そのままひきかえしていきました。けれども、すぐにもどってきました。みれば、こんどは、みどりの葉《は》を三枚《さんまい》、口《くち》にくわえています。

そのヘビは、三《みっ》つに切《き》られているまえのヘビのからだを、ちゃんともとのようにおしつけて、傷口《きずぐち》の上《うえ》にその葉《は》を一枚《いちまい》ずつのせました。と、きれぎれになっていたからだの部分《ぶぶん》が、たちまちつなぎあわさったかと思《おも》うと、ヘビはピクピクうごきだして、生《い》きかえったではありませんか。そして、ヘビは二《に》ひきそろっていってしまいました。

葉《は》は地面《じめん》におちたままになっていました。

ふしあわせな王《おう》さまは、このありさまをすっかり見《み》ていましたが、いまヘビを生《い》きかえらせたこの葉《は》のもっているふしぎな力《ちから》が、もしかしたら人間《にんげん》にもききはしないだろうかと、ふと思《おも》いつきました。そこで、わかい王《おう》さまはその葉《は》をひろいあげ、一枚《いちまい》を死《し》んだ人《ひと》の口《くち》の上《うえ》におき、あとの二枚《にまい》を目《め》の上《うえ》にのせてみました。と、どうでしょう、葉《は》っぱをのせたとたんに、はやくも血《ち》が血管《けっかん》のなかをめぐりだして、それがまっさおな顔《かお》にのぼって、ふたたび顔《かお》に赤《あか》みがさしてきたではありませんか。お妃《きさき》さまはそれから息《いき》をして、目《め》をぱっちりとあけて、いいました。

「あらまあ、あたしはどこにいるのでしょう。」

「おまえはわたしのそばにいるのだよ。」

と、わかい王《おう》さまはこたえました。

そして、いままでのできごとをのこらずものがたって、じぶんがお妃《きさき》さまを生《い》きかえらせたことを話《はな》しました。それから、わかい王《おう》さまはお妃《きさき》さまにブドウ酒《しゅ》とパンをすこしずつやりました。

やがて、もとのようにからだに力《ちから》がつきますと、お妃《きさき》さまは立《た》ちあがりました。そうして、ふたりで扉《とびら》のところへいって、ドンドンたたいて、大声《おおごえ》にさけびました。

番兵《ばんぺい》がそれをききつけて、王《おう》さまにもうしあげました。

王《おう》さまはじぶんでおりてきて、扉《とびら》をあけました。すると、ふたりが元気《げんき》なじょうぶなすがたで立《た》っています。王《おう》さまはふたりといっしょによろこびあいました。これで、苦労《くろう》はすっかりなくなってしまったわけです。

さて、あの三枚《さんまい》のヘビの葉《は》は、わかい王《おう》さまがもってきて、ひとりの家来《けらい》にわたして、いいました。

「これはたいせつにして、いつも肌身《はだみ》はなさずもっていてくれ。またどんなことで、これがわたしたちの役《やく》にたつかもしれぬからな。」

ところで、お妃《きさき》さまのほうは、生《い》きかえってからというもの、心《こころ》のなかがすっかりかわってしまったのです。じぶんの夫《おっと》を愛《あい》する気持《きも》ちなどは、お妃《きさき》さまの胸《むね》のなかからあとかたもなくきえてしまったようでした。

しばらくたったとき、わかい王《おう》さまは海《うみ》をこえて、じぶんの年《とし》とったおとうさまのところへいこうと思《おも》いたちました。そこで、お妃《きさき》さまとふたりで船《ふね》にのりこみました。ところが、ひどいことに、お妃《きさき》さまは、わかい王《おう》さまがまごころからじぶんをかわいく思《おも》っていてくれるということも、またそのおかげで死《し》なずにすんだということも、すっかりわすれてしまって、船頭《せんどう》がすきになってしまったのです。

そしてある日《ひ》、お妃《きさき》さまは、わかい王《おう》さまが横《よこ》になってねむっているのを見《み》すまして、その船頭《せんどう》をよびよせました。そして、じぶんはねむっている王《おう》さまの頭《あたま》をつかみ、船頭《せんどう》には両足《りょうあし》をつかませて、ふたりでわかい王《おう》さまを海《うみ》のなかへほうりこんでしまいました。こういうひどいことをしてから、お妃《きさき》さまは船頭《せんどう》にいいました。

「さあ、これからひきかえして、わかい王《おう》さまはとちゅうでなくなったともうしあげよう。あたしはおとうさまに、おまえのことをうんとほめたてて、あたしとおまえが夫婦《ふうふ》になって、やがては、おまえが王《おう》さまの位《くらい》につけるようにしてあげるよ。」

ところが、あの忠義者《ちゅうぎもの》の家来《けらい》が、このようすをのこらず見《み》ていたのです。家来《けらい》は、ひとに気《き》づかれないように、親船《おやぶね》からそっと小舟《こぶね》をおろすと、すぐさまそれにのりこんで、主人《しゅじん》のあとを追《お》ってこいでいきました。うらぎりものたちののっている船《ふね》は、そのまいってしまいました。忠義《ちゅうぎ》な家来《けらい》は、死《し》んだわかい王《おう》さまをすくいあげますと、肌身《はだみ》はなさずもっていた、あの三枚《さんまい》のヘビの葉《は》を、わかい王《おう》さまの両方《りょうほう》の目《め》と口《くち》の上《うえ》にのせました。すると、そのおかげで、わかい王《おう》さまはふたたび生《い》きかえりました。

わかい王《おう》さまと忠義《ちゅうぎ》な家来《けらい》は、ふたりで、夜《よ》を日《ひ》についで、力《ちから》のかぎりこぎました。ですから、小舟《こぶね》はとぶように走《はし》って、ほかのものよりもさきに、年《とし》とった王《おう》さまのもとへつきました。王《おう》さまはふたりきりでかえってきたのを見《み》ますと、ふしぎに思《おも》って、どうしたのかとたずねました。王《おう》さまはむすめのやったというひどいおこないのことをききますと、

「わしには、あれがそのようなひどいことをしたとは信《しん》じられん。しかし、まもなく、ほんとうのことがわかろう。」

王《おう》さまはこういって、ふたりに、ひとに見《み》られないへやにはいって、だれにも気《き》づかれないようにしろ、といいつけました。

それからまもなく、親船《おやぶね》がかえってきました。この人《ひと》でなしの女《おんな》は、いかにもかなしそうな顔《かお》つきをして、王《おう》さまのまえにやってきました。

王《おう》さまはいいました。

「どうしておまえはひとりでかえってきたのだね。おまえの夫《おっと》はどこにいる。」

「ああ、おとうさま。」

と、わるものの女《おんな》がこたえていいました。

「あたしは、ほんとうにかなしい思《おも》いをしながら、もどってまいりました。夫《おっと》は、航海《こうかい》のあいだに、きゅうに病気《びょうき》になりまして、死《し》んでしまいました。もしこの感心《かんしん》な船頭《せんどう》が手《て》をかしてくれませんでしたら、あたしはとんだめにあうところでした。この人《ひと》は夫《おっと》の最期《さいご》のときに、いあわせましたから、なにもかもすっかりお話《はな》しすることができます。」

「わしが死《し》んだものを生《い》きかえらせてみせよう。」

王《おう》さまはこういって、あのへやをあけて、ふたりにでてくるようにいいつけました。女《おんな》は夫《おっと》のすがたをひと目《め》見《み》るなり、まるでかみなりにうたれたようにひざをついて、

「どうかおゆるしください。」

と、おねがいしました。

王《おう》さまはいいました。

「ゆるすことはできん。この男《おとこ》は、おまえといっしょに死《し》ぬかくごをして、おまえの命《いのち》をすくったのだ。それなのにおまえは、この男《おとこ》のねているときをねらって、殺《ころ》したではないか。おまえは、じぶんにふさわしいむくいをうけねばならん。」

こうして、女《おんな》は、手《て》つだいをした男《おとこ》といっしょに、穴《あな》をあけた舟《ふね》にのせられて、海《うみ》につきだされました。ふたりは、まもなく波間《なみま》にしずんでしまいました。

【凡例】

・本編「三枚のヘビの葉」は、青空文庫作成の文字データを使用した。
底本：「グリム童話集(1)」偕成社文庫、偕成社
　1980（昭和55）年6月1刷
　2009（平成21）年6月49刷
※表題は底本では、「三枚《まい》のヘビの葉」となっている。
入力：sogo
校正：チエコ
2020年6月27日作成

・文字遣いは、青空文庫のデータによる。
・この作品には、今日からみれば不適切と思われる表現が含まれているが、作品の描かれた時代と、作品本来の価値に鑑み、底本のままとした。
・ルビは、青空文庫のものに加えて、新字新仮名のルビを付し、総ルビとした。
・追加したルビには文字遣いの他、読み方など格段の基準は設けていない。

七羽《しちわ》のカラス

むかし、ある男《おとこ》に七人《しちにん》のむすこがありました。けれども、むすめはひとりもありませんでした。それだけに、この男《おとこ》はむすめをたいそうほしがっていました。

そのうちに、おかみさんのおなかが大《おお》きくなって、子《こ》どもが生《う》まれそうになりました。やがて生《う》まれた子《こ》どもは、待《ま》ちにまっていた女《おんな》の子《こ》でした。

この男《おとこ》はどんなによろこんだかしれません。けれども、子《こ》どもは小《ちい》さくて、やせこけていました。そして、からだがよわいため、すぐにかりの洗礼《せんれい》をうけさせなければなりませんでした。

おとうさんは、男《おとこ》の子《こ》のひとりをおおいそぎで泉《いずみ》にやって、洗礼《せんれい》の水《みず》をもってこさせようとしました。すると、ほかの子《こ》どもたちも、いっしょにかけていきました。そして、みんなが競争《きょうそう》で水《みず》をくもうとしたものですから、つぼが手《て》からすべって、泉《いずみ》のなかにおちてしまいました。

みんなはぼんやりつっ立《た》ったまま、どうしていいかわかりません。そして、だれひとりうちにかえろうとはしませんでした。

おとうさんは、いつまでたってもだれもかえってこないので、いらいらして、いいました。

「きっと、またあそびにむちゅうになって、用事《ようじ》をわすれちまったんだな。しょうのないやつらめ。」

そのうちに、ぐずぐずしていると、女《おんな》の子《こ》が洗礼《せんれい》もうけないうちに、死《し》んでしまいはしないかと、心配《しんぱい》になってきました。それで、ぷんぷん腹《はら》をたてて、

「小僧《こぞう》ども、みんな、カラスになっちまえ。」

と、どなりました。

ところが、こういいおわるかおわらないうちに、頭《あたま》の上《うえ》でバタ、バタいう、羽《はね》の音《おと》がきこえてきました。空《そら》をながめますと、炭《すみ》のようにまっ黒《くろ》なカラスが、高《たか》くまい

あがって、とびさっていきます。

おとうさんとおかあさんは、さっきののろいのことばを、もうとりけすことはできません。ふたりは、七人《しちにん》のむすこをなくしたことを、たいそうかなしみました。でも、かわいらしい女《おんな》の子《こ》がさずかりましたので、それでいくらかはなぐさめられました。

女《おんな》の子《こ》は、まもなく力《ちから》もついて、一日《いちにち》ごとに美《うつく》しくなりました。

女《おんな》の子《こ》は、じぶんににいさんたちのあったことを、長《なが》いあいだ知《し》りませんでした。というのは、おとうさんもおかあさんも、この子《こ》のまえで、にいさんたちのことを話《はな》さないようにと気《き》をつけていたからです。

でも、とうとうある日《ひ》、みんながこの子《こ》のうわさをして、

「あの子《こ》は美《うつく》しいけれども、七人《しちにん》のにいさんたちがあんなにひどいめにあったのは、もとはといえば、あの子《こ》のせいなんだからなあ。」

と、いっているのを耳《みみ》にしました。

女《おんな》の子《こ》は、すっかりかなしくなってしまいました。そして、おとうさんとおかあさんのところへいって、

「あたしには、にいさんたちがあったんですか。そして、そのにいさんたちはどこへいってしまったんですか。」

と、たずねました。おとうさんとおかあさんも、もうこれいじょう、この秘密《ひみつ》をかくしておくわけにはいきません。そこで、

「でも、にいさんたちがそうなったのは、神《かみ》さまがおきめになったことで、おまえが生《う》まれてきたためではないよ。」

と、もうしました。

けれども、女《おんな》の子《こ》は、まい日《にち》まい日《にち》、そのことばかり気《き》にして、なんとかしてにいさんたちをたすけだして、もういちど、もとのようなすがたにしてあげなければならない、と思《おも》っていました。

女《おんな》の子《こ》は、もうじっとしていられなくなりました。だれにも気《き》づかれないように、こっそりと家《いえ》をぬけだして、ひろい世《よ》のなかへでていきました。にいさんたちを見《み》つけだして、たとえどんなことをしてでも、自由《じゆう》にしてあげようというつもりなのです。

女《おんな》の子《こ》は、ほんのわずかのものしかもっていきませんでした。おとうさんとおかあさんの思《おも》い出《で》に小《ちい》さな指輪《ゆびわ》をひとつ、それから、おなかがへったときのためにパンをひとかたまり、のどがかわいたときのために小《ちい》さいつぼに水《みず》を一《いっ》ぱい、それに、くたびれたときの用意《ようい》にかわいいいすをひとつ、と、これだけしかもっていかなかったのです。

さて、女の子《おんなのこ》は、どこまでもどこまでも、歩《ある》いていきました。とうとう、世界《せかい》のはてまできてしまいました。

そこで、お日《ひ》さまのところへいきましたが、お日《ひ》さまはとってもあついし、それに、こわくてたまりません。だって、小《ち》さな子《こ》どもを、がつがつ食《た》べてしまうんですもの。

女の子《おんなのこ》は、あわててそこをにげだして、お月《つき》さまのところへかけていきました。ところが、お月《つき》さまはつめたすぎて、ざんこくで、おまけに、いじわるでした。

お月《つき》さまはこの子《こ》に気《き》がつきますと、

「人間《にんげん》の肉《にく》くさいぞ、人間《にんげん》の肉《にく》くさいぞ。」

と、いいました。

それで、女《おんな》の子《こ》はここをもいそいでにげだして、お星《ほし》さまたちのところへいきました。お星《ほし》さまたちは、しんせつで、やさしくしてくれました。そして、めいめいがとくべつのいすにこしかけていました。明《あ》けの明星《みょうじょう》が立《た》ちあがって、女《おんな》の子《こ》にひよこの足《あし》を一本《いっぽん》くれました。

そして、こういいました。

「この足《あし》をもっていないと、ガラス山《やま》の門《もん》をあけることができないよ。きみのにいさんたちは、そのガラス山《やま》にいるんだよ。」

女《おんな》の子《こ》はその足《あし》をもらって、だいじに布《ぬの》につつみました。それから、また長《なが》いこと歩《ある》いていきました。

やがて、ガラス山《やま》につきました。門《もん》にはかぎがかかっていました。そこで、女《おんな》の子《こ》は足《あし》をとりだそうと思《おも》って、布《ぬの》をあけてみました。ところが、なかはからっぽです。女《おんな》の子《こ》は、しんせつなお星《ほし》さまたちからもらったものをなくしてしまったのです。さあ、どうしたらいいでしょう。にいさんたちをたすけてはあげたいのですが、ガラス山《やま》の門《もん》をあけるかぎがありません。

心《こころ》のやさしい妹《いもうと》は、小刀《こがたな》をとりだして、じぶんのかわいい指《ゆび》を切《き》りおとしました。そして、それを門《もん》のなかにさしこんで、うまくあけました。門《もん》のなかにはいりますと、ひとりの小人《こびと》がでてきて、いいました。

「きみ、きみ、なにをさがしているの。」

「七羽《しちわ》のカラスになった、あたしのにいさんたちをさがしているのよ。」

と、女の子《おんなのこ》はこたえました。

すると、小人《こびと》はいいました。

「カラスさんたちは、いまるすだよ。でも、かえってくるまで待《ま》つ気《き》なら、こっちへはいっておいでよ。」

それから、小人《こびと》はカラスたちの食《た》べものを七《なな》つの小《ちい》さなおさらにのせ、飲《の》みものを七《なな》つの小《ちい》さなさかずきにいれて、もってきました。妹《いもうと》は、七《なな》つのおさらからひとかけらずつ食《た》べ、七《なな》つのさかずきからひとすすりずつのみました。そして、いちばんおしまいのさかずきのなかに、うちからもってきた、かわいい指輪《ゆびわ》をおとしておきました。

そのとき、とつぜん、空《そら》のほうからバタ、バタいう羽《はね》の音《おと》と、カア、カアというなき声《ごえ》が、きこえてきました。するど、小人《こびと》がいいました。

「さあ、カラスさんたちがかえってきたよ。」

まもなく、カラスたちはおりてきました。そして、食《た》べたり、のんだりしようと思《おも》って、小《ちい》さなおさらやかわ

いいさかずきをさがしました。けれども、すぐに、
「だれがぼくのおさらのものを食《た》べたんだ。だれがぼ
くのさかずきのものをのんだんだ。こんなことをしたの
は、人間《にんげん》の口《くち》にちがいない。」
と、カラスたちはじゅんじゅんにいいました。
しかし、七《なな》ばんめのカラスがさかずきをのみほしたと
き、かわいい指輪《ゆびわ》がころがりでました。よく見《み》ますと、
それはたしかに、見《み》おぼえのある、おとうさんとおかあ
さんの指輪《ゆびわ》です。それで、そのカラスはいいました。
「ああ、妹《いもうと》がここにいてくれたらなぁ。そうすりゃ、
ぼくたち、たすけてもらえるんだけど。」

女《おんな》の子《こ》は戸《と》のうしろに立《た》って、そっときいていましたが、この願《ねが》いごとを耳《みみ》にしますと、すぐにカラスたちのまえにでてきました。

と、たちまち、カラスたちは一羽《いちわ》のこらず、もとの人間《にんげん》のすがたにもどったではありませんか。みんなはかたくだきあって、キッスをしあいました。そして、心《こころ》もはればれとして、国《くに》へかえりました。

【凡例】

・本編「七羽のカラス」は、青空文庫作成の文字データを使用した。

底本：「グリム童話集(1)」偕成社文庫、偕成社
　1980（昭和55）年6月1刷
　2009（平成21）年6月49刷

※表題は底本では、「七羽《わ》のカラス」となっている。

入力：sogo

校正：チエコ

2021年1月27日作成

・文字遣いは、青空文庫のデータによる。

・この作品には、今日からみれば不適切と思われる表現が含まれているが、作品の描かれた時代と、作品本来の価値に鑑み、底本のままとした。

・ルビは、青空文庫のものに加えて、新字新仮名のルビを付し、総ルビとした。

・追加したルビには文字遣いの他、読み方など格段の基準は設けていない。

十二人兄弟《じゅうににんきょうだい》

むかしむかし、あるところに、王《おう》さまとお妃《きさき》さまとがおりました。ふたりはたいそうなかよくくらしていましました。十二人《じゅうににん》のお子《こ》さんがありましたが、みんなそろいもそろって男《おとこ》の子《こ》ばかりでした。

さて、あるとき、王《おう》さまがお妃《きさき》さまにむかっていいました。

「こんど生《う》まれる子《こ》どもが、もし女《おんな》の子《こ》だったら、十二《じゅうに》人《にん》の男《おとこ》の子《こ》はみんな殺《ころ》してしまおう。そして、その女《おんな》の子《こ》の財産《ざいさん》がたくさんになって、この国《くに》がその子《こ》ひとりだけのものになるようにしてやろう。」

王《おう》さまは、ほんとうに、十二《じゅうに》のお棺《かん》までもこしらえさせました。そのなかには、すでにかんなくずもつめてあって、ひとつひとつに、死人《しにん》のための小《ちい》さなまくらまでもいれてありました。王《おう》さまはこれをひとつのへやにはこびこませて、かぎをかけました。そして、そのかぎをお妃《きさき》さまにわたして、このことはだれにもいってはならぬ、といいわたしました。

けれども、お妃《きさき》さまは、それからというものは、一日《いちにち》じゅうすわったきりで、かなしみにしずんでおりました。

ですから、いつもお妃《きさき》さまのそばにばかりくっついてい
るすえっ子《こ》の、ベンジャミンという子《こ》が、お妃《きさき》さまにむ
かってたずねました。この子《こ》は、聖書《せいしょ》から名《な》をとってべ
ンジャミンとよばれていたのです。
「おかあさま、どうしてそんなにかなしんでいらっしゃ
るの。」
「ぼうや、ぼうやにはそのわけを話《はな》してあげることが
できないのよ。」
と、お妃《きさき》さまはいいました。
けれども、ベンジャミンはいつまでもうるさくせがみ
ます。それで、とうとう、お妃《きさき》さまは立《た》っていってその

へやをあけ、もうかんなくずまでつまっている十二《じゅうに》のお棺《かん》を見《み》せてやりました。

「かわいいベンジャミン、このお棺《かん》はね、おまえのおとうさまが、おまえと十一人《じゅういちにん》のおにいさまたちのためにこしらえさせたものなのよ。というのは、もしこんど、女《おんな》の子《こ》が生《う》まれれば、おまえたちはみんな殺《ころ》されて、このなかにいれられて、ほうむられてしまうことになっているのよ。」

こう話《はな》しながら、お妃《きさき》さまはさめざめと泣《な》きました。

すると、男《おとこ》の子《こ》はおかあさまをなぐさめて、いいました。

「泣《な》かないでよ、おかあさま。ぼくたち、みんなでたすけあって、にげてしまうから。」

するとお妃《きさき》さまはいいました。

「十一人《じゅういちにん》のおにいさまたちといっしょに、森《もり》へにげておいきなさい。そして、森《もり》のなかでいちばん高《たか》い木《き》を見《み》つけて、だれかひとりがかならずそこにのぼって、見《み》はりをしているようになさい。そうして、このお城《しろ》の塔《とう》のほうをよく見《み》ているんですよ。もしも男《おとこ》の子《こ》が生《う》まれれば、白《しろ》い旗《はた》をかかげますからね。そうしたら、みんなでかえっていらっしゃい。でも、もし女《おんな》の子《こ》が生《う》まれたら、赤《あか》い旗《はた》をかかげますよ。そしたら、できるだけはやくおにげなさい。ああ、どうか神《かみ》さまがおまえたちをおまもりくださいますように。あたしはまい晩《ばん》おきていて、おまえたちのためにおいのりをしていますよ。冬《ふゆ》は、みんなが火《ひ》にあたれるように、夏《なつ》は、暑《あつ》さにくるしまないようにね。」

こうして、お妃《きさき》さまが子《こ》どもたちのためにおいのりをすませますと、みんなは森《もり》へでかけていきました。みんなはかわるがわる見《み》はりにたち、いちばん高《たか》い木《き》の上《うえ》にすわって、塔《とう》のほうをながめていました。

十一日《じゅういちにち》たって、ベンジャミンの番《ばん》になりました。見《み》ると旗《はた》があがりました。しかし、それは白《しろ》い旗《はた》ではなくて、赤《あか》い血《ち》の旗《はた》です。みんなが殺《ころ》されることにきまったというあいずです。にいさんたちはこのことをききますと、かんかんにおこって、いいました。

「ぼくたちは、女《おんな》の子《こ》ひとりのために、死《し》ななければならないっていうのか。ようし、かならずこの復讐《ふくしゅう》はしてやるぞ。女《おんな》の子《こ》は見《み》つけしだい、かたっぱしから赤《あか》い血《ち》をながさせてやる。」

それから、十二人《じゅうににん》の兄弟《きょうだい》たちは、森《もり》のおくへおくへとはいっていきました。いつのまにか、森《もり》のまんなかのいちばんくらいところまできました。すると、そこに魔法《まほう》をかけられた小《ちい》さな小屋《こや》がたっていました。家《いえ》のなかには、だれもいませんでした。そこで、みんなはいいました。

「ぼくたちはここに住《す》むことにしよう。それから、おい、ベンジャミン、おまえはいちばん小《ちい》さいし、それに力《ちから》もいちばんよわい。おまえはうちにのこって、うちのなかのしごとをやっていておくれ。ぼくたちほかのものは、みんなそとへいって食《た》べものをとってくるから。」

こうして、にいさんたちは森《もり》のなかへはいって、ウサギだの、野《の》ジカだの、小鳥《ことり》だの、かわいいおすのハトだの、食《た》べられるものはなんでもうって、それをベンジャミンのところにもってきました。ベンジャミンの役《やく》めは、それを料理《りょうり》して、おにいさんたちのぺこぺこのおなかをいっぱいにしてあげることでした。

それから十年《じゅうねん》というあいだ、兄弟《きょうだい》たちはこの小屋《こや》でいっしょにくらしましたが、みんなはそれほど長《なが》いとも思《おも》いませんでした。

さて、兄弟《きょうだい》たちのおかあさまになる、お妃《きさき》さまの生《う》んだ女《おんな》の子《こ》は、いまではすっかり大《おお》きくなりました。気《き》だてのやさしい、美《うつく》しいお姫《ひめ》さまでした。ひたいの上《うえ》には、金《きん》の星《ほし》をひとつつけていました。

ある日《ひ》のこと、せんたくものがたくさんありましたが、お姫《ひめ》さまがふと見《み》ますと、そのなかに男《おとこ》もののシャツが十二枚《じゅうにまい》あります。それで、ふしぎに思《おも》って、お妃《きさき》さまにたずねてみました。

「この十二枚《じゅうにまい》のシャツはだれのもの。おとうさまのにしては小《ちい》さすぎますもの。」

するとお妃《きさき》さまは心《こころ》もおもく、こうこたえました。

「姫《ひめ》や、これはねえ、おまえの十二人《じゅうににん》のおにいさまたちのですよ。」

「その十二人《じゅうににん》のおにいさまって、どこにいらっしゃるの。あたし、おにいさまのことなんて、まだいちどもきいたことないわ。」

と、お姫《ひめ》さまはいいました。

すると、お妃《きさき》さまはこたえました。

「どこにいるかごぞんじなのは、神《かみ》さまばかりよ。きっと、ひろい世《よ》のなかを、あっちこっちとまよい歩《ある》いているでしょう。」

それから、お妃《きさき》さまはあのへやにむすめをつれていって、扉《とびら》をあけて、かんなくずと、死人《しにん》のためのまくらまでもはいっている十二《じゅうに》のお棺《かん》を見《み》せました。

「このお棺《かん》はね、おまえのおにいさまたちのものにきまっていたのよ。でも、おまえの生《う》まれるまえに、みんなこっそりにげていってしまったの。」

と、お妃《きさき》さまがいいました。

こういって、お妃《きさき》さまは、あのときのことをのこらず話《はな》してきかせました。

それをきいて、お姫《ひめ》さまはいいました。

「おかあさま、泣《な》かないで。あたしがいって、おにいさまたちをさがしてきますから。」

そこで、お姫《ひめ》さまはその十二枚《じゅうにまい》のシャツをもって、お城《しろ》をでますと、まっすぐ大《おお》きな森《もり》のなかへはいっていきました。お姫《ひめ》さまは、その日一日《ひいちにち》じゅう歩《ある》きつづけて、日《ひ》のくれるころ、魔法《まほう》のかけられているあの小屋《こや》のまえにきました。お姫《ひめ》さまが小屋《こや》のなかにはいっていきますと、ひとりの男《おとこ》の子《こ》がいて、

「きみは、どこからきたの。そして、どこへいくの。」

と、たずねました。

男《おとこ》の子《こ》は女《おんな》の子《こ》があんまり美《うつく》しくて、おまけに、お姫《ひめ》さまのきるような着物《きもの》をき、ひたいには金《きん》の星《ほし》をつけているので、びっくりしました。

するとお姫《ひめ》さまはこたえていいました。

「あたしは王女《おうじょ》です。いま十二人《じゅうににん》のおにいさまたちをさがしているところです。おにいさまたちを見《み》つけだすまでは、青《あお》いお空《そら》のはてまでもいってみるつもりです。」

こういって、お姫《ひめ》さまはおにいさまたちの十二枚《じゅうにまい》のシャツを見《み》せました。

そこで、ベンジャミンはこれがじぶんの妹《いもうと》だとわかりましたので、

「ぼくがベンジャミンだよ。おまえのいちばん小《ちい》さいにいさんだよ。」

と、いいました。

これをきいたとたん、お姫《ひめ》さまはあまりのうれしさに、わっと泣《な》きだしました。ベンジャミンも泣《な》きました。そして、ふたりはなつかしさのあまりだきあって、キッスをしあいました。それから、ベンジャミンがいいました。

「でもねえおまえ、まだ安心《あんしん》できないんだよ。なぜって、ぼくたちは、女《おんな》の子《こ》にあったら、だれでもかまわないから殺《ころ》してしまおうって約束《やくそく》がしてあるんだもの。だってそうだろう。ぼくたちは女《おんな》の子《こ》のために、国《くに》を追《お》われてしまったんだからね。」

それをきいて、お姫《ひめ》さまはいいました。

「十二人《じゅうににん》のおにいさまたちをおたすけできるのなら、あたし、よろこんで死《し》ぬわ。」

「いけない、いけない。」

と、ベンジャミンはこたえました。

「おまえを死《し》なせたりするものか。とにかく、十一人《じゅういちにん》のにいさんたちがかえってくるまで、このおけの下《した》にかくれておいで。にいさんたちがかえってきたら、ぼくがうまく話《はなし》をするからね。」

お姫《ひめ》さまはいわれたとおりにしました。やがて、夜《よる》になりますと、ほかのにいさんたちが狩《か》りからかえってきました。食事《しょくじ》のしたくは、ちゃんとできていました。みんながテーブルについて、食《た》べているとき、にいさんたちがベンジャミンにたずねました。

「なにかかわったことはないかい。」

すると、ベンジャミンが、

「にいさんたちはなんにも知《し》らないの。」

と、いいました。

「うん。」

と、にいさんたちはこたえました。

そこで、ベンジャミンはことばをつづけて、

「にいさんたちは森《もり》へいって、ぼくはうちにのこっていたんだけど、ぼくのほうがずっといろんなことを知《し》ってるよ。」

と、いいました。

「じゃあ、話《はな》してくれよ。」

と、にいさんたちは口《くち》ぐちにいいたてました。

「それなら、ぼくたちがいちばんはじめにあう女《おんな》の子《こ》だけは殺《ころ》さないって約束《やくそく》してくれる?」

と、ベンジャミンがいいました。

「いいよ、いいよ。」

と、みんな声《こえ》をそろえていいました。

「その子《こ》だけはゆるしてやろう。だから、さあ、話《はな》してくれよ。」

そこで、ベンジャミンがいいました。

「妹《いもうと》がここにいるんだよ。」

こういって、ベンジャミンがおけをあげますと、りっぱな着物《きもの》をきて、ひたいに金《きん》の星《ほし》をつけたお姫《ひめ》さまがあらわれました。それは、世《よ》にも美《うつく》しく、やさしい上品《じょうひん》なすがたでした。みんなは大《おお》よろこびで、お姫《ひめ》さまの首《くび》にだきついて、キッスをしました。そして、心《こころ》のそこから妹《いもうと》をかわいいと思《おも》いました。

それからは、お姫《ひめ》さまはベンジャミンといっしょにう

ちにいて、ベンジャミンのしごとの手《て》つだいをしました。十一人《じゅういちにん》のにいさんたちは森《もり》にはいって、けものや、シカや、鳥《とり》や、小《こ》バトなどをつかまえてきました。これがみんなの食《た》べものになりました。それをいろいろに料理《りょうり》するのが、ベンジャミンと妹《いもうと》の役《やく》めなのです。

妹《いもうと》は煮《に》たきをするたきぎや、野菜《やさい》がわりにつかう草葉《くさば》をさがしてきたり、おなべを火《ひ》にかけたりしました。そうして、十一人《じゅういちにん》のにいさんたちがかえってくるころには、いつでも食事《しょくじ》のしたくができているようにしておきました。それればかりか、妹《いもうと》はうちのなかをきれいにかたづけたり、寝床《ねどこ》に白《しろ》いきれいな敷布《しきふ》をきちんとかけたりしました。ですから、にいさんたちはいつも満足《まんぞく》しきって、妹《いもうと》といっしょになかよくくらしていました。

あるときのことです。ふたりはうちにおいしいごちそうをこしらえておきました。みんながあつまりますと、それぞれ席《せき》について、食《た》べたりのんだりしました。みんなは大《おお》よろこびでした。

ところで、この魔法《まほう》をかけられている小屋《こや》には小《ちい》さな庭《にわ》があって、そのなかにユリのような花《はな》が十二《じゅうに》さいていました。この花《はな》は、またの名《な》をシュトデンテンともいいます。妹《いもうと》は、この十二《じゅうに》の花《はな》をおりとって、食事《しょくじ》のあとでにいさんのひとりひとりにこの花《はな》をひとつずつあげようと思《おも》いました。こうして、にいさんたちによろこんでもらおうと思《おも》ったのです。ところが、どうしたというのでしょう、妹《いもうと》が花《はな》をおりとったとたん、十二人《じゅうににん》のにいさんたちのすがたは十二羽《じゅうにわ》のカラスにかわってしまって、みんなは森《もり》のはるかかなたへととびさってしまったではありませんか。しかもそれといっしょに、うちも庭《にわ》も、あとかたもなくきえうせてしまったのです。

かわいそうに、女《おんな》の子《こ》はおそろしい森《もり》のなかにひとりぼっちになってしまいました。あたりを見《み》まわしますと、そばにひとりのおばあさんが立《た》っていました。おばあさんは、

「これ、これ、おまえはいったいなにをしたのだね。どうして、十二《じゅうに》の白《しろ》い花《はな》をそっとしておかなかったのだい。あれは、おまえのにいさんたちだったのさ。にいさんたちは、いまじゃカラスになっちまって、もう永久《えいきゅう》にかわることはないよ。」

と、いいました。

女《おんな》の子《こ》は泣《な》くなくいいました。

「ほんとうに、にいさんたちをたすける方法《ほうほう》はないんでしょうか。」

「だめだねえ。」

と、おばあさんはいいました。

「その方法《ほうほう》は、たったひとつあるにはあるけど、むずかしすぎるから、とてもそれでにいさんたちをすくうことはできなかろうよ。なにしろ、七年《しちねん》というあいだ、おまえはひと言《こと》もしゃべらずにとおさなければならないんだからね。口《くち》をきいてもいけないし、わらってもいけない。もしもおまえが、たったひとことでも口《くち》をきこうものなら、そうしてまた、七年《しちねん》にほんの一時間《いちじかん》だけたりなくっても、なにもかもがむだになってしまうのさ。しかも、そのたったひとことのために、おまえのにいさんたちは殺《ころ》されてしまうんだよ。」

これをきいて、女《おんな》の子《こ》は心《こころ》のなかでいいました。

(あたし、きっと、にいさんたちをたすけてみせるわ。)

それから、女《おんな》の子《こ》は歩《ある》いていきました。一本《いっぽん》の高《たか》い木《き》を見《み》つけますと、その上《うえ》にすわって、糸《いと》をつむぎはじめました。でも、もちろん、口《くち》もきかなければ、わらいもしませんでした。

さて、あるときのこと、ひとりの王《おう》さまがこの森《もり》で狩《か》りをしました。王《おう》さまは一《いっ》ぴきの猟犬《りょうけん》をつれていましたが、その犬《いぬ》が女《おんな》の子《こ》ののぼっている木《き》のところへ走《はし》ってきて、そのまわりをとびはねては、しきりに木《き》の上《うえ》にむかってほえたてました。

　そこで、王《おう》さまが近《ちか》よってみますと、おどろいたことに、ひたいに金《きん》の星《ほし》をつけた美《うつく》しいお姫《ひめ》さまが、木《き》の上《うえ》にすわっているではありませんか。お姫《ひめ》さまのあまりの美《うつく》しさに、王《おう》さまはうっとりとして、じぶんの妃《きさき》になる気《き》はないかとよびかけました。お姫《ひめ》さまはなんともへんじをしませんでしたが、ほんのちょっとうなずいてみせました。

　それを見《み》た王《おう》さまは、じぶんでその木《き》にのぼって、お姫《ひめ》さまを木《き》からおろしました。それから、じぶんの馬《うま》にのせて、いっしょにお城《しろ》へつれかえりました。

やがて、ご婚礼《こんれい》の式《しき》が、めでたく、りっぱにとりおこなわれました。けれども、花《はな》よめはひとことも口《くち》をききませんし、わらいもしませんでした。

ふたりはいく年《ねん》かのあいだたのしいくらしをつづけました。ところが、王《おう》さまのおかあさまは、もともとたち・・のよくないひとでしたので、ぼつぼつわかいお妃《きさき》さまのわる口《ぐち》をいいはじめました。そして、王《おう》さまにこうつげ口《ぐち》をしました。

「おまえがつれてきたのは、いやしい身分《みぶん》のむすめですよ。かげでは、こっそりどんなわるいことをしているか、わかったものではありません。口《くち》がきけないにしても、いちどぐらいはわらいそうなものです。とにかく、わらわない人《ひと》は、心《こころ》のよくない人《ひと》ですよ。」

王《おう》さまは、さいしょのうちは、そんなことを信《しん》じようとはしませんでした。けれども、年《とし》よりがいつまでもそのことをいいはりますし、それに、いろいろとわるいことをお妃《きさき》さまのせいにしますので、とうとう、王《おう》さまもいいまかされてしまって、お妃《きさき》さまに死刑《しけい》をいいわたしました。

こうして、お城《しろ》の庭《にわ》で大《おお》がかりな火《ひ》がたかれました。

この火《ひ》のなかで、お妃《きさき》さまが焼《や》き殺《ころ》されることになったのです。王《おう》さまは二階《にかい》の窓《まど》ぎわに立《た》って、涙《なみだ》ながらにこのありさまをながめていました。だって、王《おう》さまはいまでもなお、お妃《きさき》さまがかわいくてならなかったのですもの。

いよいよ、お妃《きさき》さまが柱《はしら》にしばりつけられました。火《ひ》がはやくも赤《あか》い舌《した》をチョロチョロさせて、お妃《きさき》さまの着物《きもの》をなめはじめました。

ちょうどそのとき、七年《しちねん》という年月《ねんげつ》のさいごの瞬間《しゅんかん》がすぎさったのです。と、空《そら》にバタバタという羽《はね》の音《おと》がして、十二羽《じゅうにわ》のカラスがとんできて、地面《じめん》にまいおりました。そして、その足《あし》が地面《じめん》にふれたかと思《おも》うと、たちまち、十二人《じゅうににん》のにいさんたちのすがたになりました。みんなは、妹《いもうと》のおかげですくわれたのです。にいさんたちはすぐさま火《ひ》をかきちらし、ほのおをもみけして、かわいい妹《いもうと》をたすけだして、キッスをしたり、だきしめたりしました。

さて、いまこそ、お妃《きさき》さまは口《くち》をひらいて、話《はな》すことができるのです。そこで、どうしていままでひとこともロ《くち》をきかず、またいちどもわらわなかったか、そのわけを王《おう》さまに話《はな》しました。王《おう》さまは、お妃《きさき》さまになんの罪《つみ》もないことをきいて、それはそれはよろこびました。そして、この人《ひと》たちは、死《し》ぬまで、みんないっしょになかよくくらしました。

心《こころ》のよくないまま母《はは》のほうは、裁判《さいばん》にかけられて、煮《に》えくりかえった油《あぶら》と、毒《どく》ヘビのいっぱいはいっているたるにいれられて、むざんな死《し》にかたをしました。

【凡例】

・本編「十二人兄弟」は、青空文庫作成の文字データを使用した。

底本：「グリム童話集(1)」偕成社文庫、偕成社

　　1980（昭和55）年6月1刷

　　2009（平成21）年6月49刷

※表題は底本では、「十二人兄弟《にんきょうだい》」となっている。

入力：sogo

校正：チエコ

2020年6月27日作成

・文字遣いは、青空文庫のデータによる。

・この作品には、今日からみれば不適切と思われる表現が含まれているが、作品の描かれた時代と、作品本来の価値に鑑み、底本のままとした。

・ルビは、青空文庫のものに加えて、新字新仮名のルビを付し、総ルビとした。

・追加したルビには文字遣いの他、読み方など格段の基準は設けていない。

大活字本シリーズ
海外童話傑作選⑤
グリム兄弟　白雪姫

2025年4月18日　第1版第1刷発行

著　者　グリム兄弟
編　者　三和書籍

発行者　高橋　考
発　行　三和書籍

〒112-0013　東京都文京区音羽2-2-2
電話 03-5395-4630　FAX 03-5395-4632
sanwa@sanwa-co.com
https://www.sanwa-co.com/

印刷／製本　中央精版印刷株式会社

ISBN978-4-86251-577-3 C3097